陳長慶作品集

一九九六～二〇〇五

散文卷（二）

【陳長慶作品集】

散文卷・二

目次

朋友

我的朋友是一位沒有到過四川的四川人。他雖長得眉清目秀，讀完國中後，卻沒有通過自願升學考試，甚至已屆服役年齡，且也沒通過兵役體驗。

顯然地，他的智商與同齡青年相較，是略嫌遜色的，也是俗稱的「條直」。然而，我並沒有以一般世俗的眼光來看他，對他禮遇有加。其實，他不喝茶、不吸煙，所謂的禮遇，說來慚愧，只不過是以「誠」來待他，以和顏悅色來迎他。

朋友在修車廠當了十餘天的學徒，被解雇後，再也沒有找到任何工作。以口試的方式取得一張輕型機車執照，靠半年領一次終身俸的老爸，為他買了一部簇新的機車。

經常地，他騎著那部新車，光顧我擺設的小書報攤，買一份訂價六元，我實收他五元的「金門日報」，然後聊聊天、談談笑，我也正式地向一些好奇的友人介紹——他是我的朋友。當然，我們也以朋友相互呼之：他叫我朋友，我也叫他朋友。

朋友雖然國中畢業，但似乎認識的字並不多，與我這位只唸過一年初中的朋友相比：那真是差多。然而，他對我這位朋友卻是「死忠兼換帖」。去年我因事去了臺北，把每天固定的零售報委託隔壁的店家代售。朋友寧可不看，也不願買鄰家的報紙，任憑老闆娘花費多少唇舌，向他提出多少解釋和保證，依然不能打動他的心。我也一直心存疑問，朋友是否真能看懂這份報紙，還是因朋友賣報紙而買報紙？朋友非常熱心，也喜歡助人。當然，我指的是針對我這位朋友，或許他深知我老人家獨守這方書報攤，經常地問我有何需要幫忙的？我請他到銀行換換零錢，每每都能完成所托，亦未曾有任何的差錯。有一次，我整理好退書，打了一個二十公斤重的包裹，請他幫忙到郵局交寄。依重量二十公斤郵資應為一百四十五元，他帶去的千元大鈔，卻找回七百五十五元。我沒有懷疑朋友從中揩油，仔細核對包裹執據：重量沒錯，郵費卻顯示出二百四十五元。我知道是郵務人員作業疏失，請他帶著執據，去要回超收的一百元。然而，久久不見朋友的蹤影，內心裡有些納悶，是否他嫌麻煩，不願幫我這個忙。而就在此時，他氣呼呼地回來，結結巴巴地說：郵局那個人叫你去一趟。人雖老，暴躁的脾氣依舊。我的火氣蓋過了朋友，我們一前一後出現在郵局的包裹臺。

「這件包裹明明是二十公斤，」年輕的郵務士把包裹猛力地放在磅秤上，高聲地說：「你兒子偏偏說有錯！」

「他是我朋友，」我怒指著他說：「你才是我兒子！」

「二十公斤沒有錯嘛。」他見我動了火，放低了語氣。

「二十公斤沒錯，你收我多少錢？」我理直氣壯地反問他。

他看了執據，按了按計算機，終於認錯賠不是。

我取回超收的一百元，拍拍朋友的肩膀。他卻驚魂未定地說：

「汝真歹死，阮會驚死。」

「免驚啦，朋友，汝幫我做事志，我替汝出出氣。」

他笑了，不是傻笑，也非憨笑，而是如同春陽燦爛般的笑靨，綻放在他那張俊俏的臉上，也似乎讓我們看見一顆純潔無瑕的心靈。

近些年來，明星的寫真集非常盛行，臺北的書報商發書時，經常會附上幾張大型海報。朋友對田麗那張長髮飄逸、線條優美、二點微露、背部真空的海報，一連說出好幾句「真媠」、「真媠」。我知道這是年輕人內心自然的反應，雖然他的智商不能達到服役的標準，但對美的賞析，卻也有一定的標竿；至少，他能觀顏察色，分辨美醜。我曾經開玩笑，要把送報的老羅介紹給他，朋友的直接反應是：「阮無愛、阮無愛，老查某，歹看死！」當然，以老羅四十一枝花的虎齡，做他老娘也有餘，怎能做牽手。有時，玩笑也得守分寸，老羅是一個變臉如變天的女人，一旦讓她知道，阿公鐵定要「夭壽」。

不知怎麼的，我送給朋友那張田麗的裸體海報，他又退還給我。他羞澀地笑笑，沒有告訴我原委。或許，田麗在他心目中，已不再是「媠查某」了。喜新厭舊也是人之常態，是否他已尋覓到一位比田麗還水的查某，把先前所見的推翻掉，讓審美的水平又提昇了一層。

終於，我打破了一只潔白無塵的沙鍋，他告訴我：田麗實在真婧，但他不能要這張海報，因為他爸爸罵他「愛查某、艙見笑」。

他的臉微紅，低著頭，久久不言不語。我實在找不到一句妥善的辭彙，來安慰這位朋友。他的純樸，他的一顆未曾被社會不良俗氣污染過的心靈，我們該肯定，還是必須與智商的高低混為一談，認定他是這個富裕和高知識社會裡的「傻瓜」和「大條」。

我的另一位朋友阿財哥常到我這兒看報、喝茶，不知是天生的潔癖，還是不習慣聞到朋友身上所散發出來的異味，每每相遇都會離他遠遠的。因此，也引起朋友的好奇，他輕聲地告訴我說：這個人怪怪的。我不加思索地告訴他：阿財哥是傻瓜，只懂得喝茶、看報。他笑了，笑得很開心、很愜意。是否正在想：有幸在這浮浮沉沉的大千世界裡，遇見了傻瓜。從此，我們都有默契，看見阿財哥，就偷偷地叫他一聲：「傻瓜」。

其實，阿財哥生來一副福相。他天庭飽滿、羅漢眉、福耳，大眼、獅子鼻，人中溝深線又明。飽讀詩書，出口成章；江澤民唸過的新詩舊詞，他也能朗朗上口；時事評論、財經分析也講得頭頭是道。金門的形象商圈、夜市的規畫、觀光旅遊、兩岸小三通，更是砲聲隆隆、操聲連連，二兩下就把它批評得體無完膚，讓那位顧問公司派來的問卷調查員，灰頭又土臉，自嘆弗如。他對股市的鑽研，也有獨到之處：從買進時機到觀望時機，從除權除息到漲跌比率，從量價關係到價跌量縮……等等。然而，股市深如海，往往人算不如天算，他真能從其中獲利多少，還是常被放空和套牢，我們不得而知。但可從他年前在金城伯玉路購買的那片建地，準備在兩岸三通後，蓋觀光大飯店的構想和計畫裡得到印證；沒有個三、五仟萬，平地焉能蓋高樓？因而，我們肯定他近幾年來，的確是「卯死了」。當然，我們也不能主觀地認定他的財富是來自股市，他來到這個小鎮也非十年八載，從電器行到旅遊業，從經營旅館到海產店掌廚，都是一步一腳印，兢兢業業，勤儉奮發。或許，這才是他龐大財富最基本、最主要的來源。老士官長說，他不像掌廚像書生，朋友見他在魚販處，不買魚看殺魚，我們似乎看到一位道貌岸然的書生，也見到一位滿身油垢的大掌廚，兩者的混合體，分解出來的必定是——「傻瓜」！

傻者：「大巧若拙」、「大智若愚」也。

朋友幾乎天天來找我，也會把日常生活所見所聞，重複地向我敘述；我也不厭其煩地洗耳恭聽。人，除了尊重自己，也必須尊重別人。如果把他當成智能不足的呆子來對待，今天，我們不會成為朋友，他也不會那麼熱心地詢問我，有什麼事需要幫忙？而日常的店務中，較令我困擾的是退書，既要打包、又要郵寄。但自從認識朋友以來，一些單件的包裹均由他代勞。有時，我也會送他幾本過期的周刊，讓他翻翻、看看書裡的水查某。然而，有一天，他拒絕我送給他的書，一句令我汗顏的話，在他的嘴裡蠕動，讓我多皺的老臉熾熱難忍。

「天下沒有白吃的午餐。」

我不明白他是否真能理解這句話的用意，還是隨興說說而已。若依他的智商，以及知識水準，實難以相信，這句話會出自他口中。我沉默久久，竟然找不出一句可以回覆他的話。此刻，被笑稱為傻瓜的應該是我，而不是富甲一方的阿財哥。

當然，我相信，朋友絕對不會向我索取任何的酬勞。這些事也是他足以勝任的工作，況且連一杯茶水都沒喝過，怎麼會有更高的冀求。他多次地重複天下沒有白吃的午餐，我的內心不再有先前強烈般地激盪，也沒有問明原因。且讓時光走遠，一切回歸到原點。天下沒有白吃的午餐是警語，也是哲理。只是它出自朋友的口中，更有不凡的意義。我日日夜夜不停地思索著，答案或許盡在不言中……。

時下的一些出版商，經常地在雜誌裡附送一份小贈品。贈品包羅萬象、千奇百怪，從小夜衣到巧克力，從洗髮精到沐浴乳……等，包裝精美，小巧可愛。有一期的《體面》送的是香水，代理發行的「黎明圖書公司」又另外附贈五瓶。那時是冬天，朋友或許是怕冷，久未沐浴和換衣，身穿的夾克、襯衫的衣領，處處是污垢，體內散發的異味更是濃烈難聞。阿財哥建議送他兩瓶香水，並囑咐他洗完澡、換過衣褲後，灑上三兩點，保持體內的芳香，水查某才會喜歡。朋友笑了，雖然接納了我們的好意。然而，喜悅很快地就從他的臉龐消失。他沒有像以往向我道再見，逕行騎著機車，疾馳而去。我與阿財哥都看傻了眼，朋友一定生氣了。他有他的自尊，我們的好意卻成了不可挽回的惡意。既然你們嫌我髒、嫌我臭，我就走，何必說再見！或許朋友想的是這些。

一天、二天、三天，都不見朋友的蹤影。我懷念朋友的心比任何人還強烈。不但失去一位幫手，也失去了一位好朋友。自認為智商比他高的我，卻像一位低能又失智的老年人，仔細的衡量和計算，我們的智商到底高他多少？人的自尊同在一個平衡點，得到不懂珍惜，失去方知可貴，這就是人性的弱點吧！

終於，朋友來了。

那是大年初一的一個晌午。他穿了一套不太合身的西裝。打了領帶，足上的皮鞋閃閃發光，髮上也抹了油；從他身上散發的，已不是異味，而是友情的馨香。我步上前，緊緊地握住他的手。

「朋友，好久不見，新年好！」

他抿著嘴角，臉上浮起一朵燦爛的笑靨。黯淡的時光已走遠，新的友情又來臨；在這變化無常的人世間，誠摯的友情最可貴，聰明和傻瓜都是我——永恆的好朋友。

二〇〇〇年五月作品

山谷歲月

詩人，從百花齊放的春天，到落葉飄零的秋天，我僅完成了幾首以本土語言為根基的新詩。雖然沒有華麗的詞藻來鋪陳，距離詩的意境又尚遠，但卻是源自我心靈深處的激盪，源自我對這片土地的憂心和熱愛。

今天，我不想以一位長久從事文學創作者的身份，來與詩人你談詩，必須先從夏末蟬寂，螢光閃閃的夜晚裡，我們對坐在木棉樹下，你突然問我對小林善紀的《台灣論》，所引發的「慰安婦」和「特約茶室」風波有什麼看法？或許你深知我年輕時，曾在經管防區福利工作的金防部政五組服務過，也從我的作品《再見海南島，海南島再見》與《失去的春天》窺探了一切。對於二次大戰被日軍脅迫徵召的慰安婦，雖然從書本上略知一二，但她們的遭遇與茶室的侍應生是二個截然不同的個體。無論從平面媒體的言論廣場或時論、來論、讀者迴響，電子媒體的人物專訪，非但沒有進入到問題的核心，甚至誤把台灣的私娼和女犯人送到外島當「軍妓」的不實報導，怎不教人憤怒和痛心。雖然，我們都是文學中人，史學離我們很遠，但沉默並不代表我們的無知，引用不實的資料和傳聞來誤導讀者，是我們所不願見到的。因而，今晚我們不談慰安婦，且讓我的思維回歸到三十年前的太武山谷吧！

一九六七年夏天，我由明德營區轉進武揚坑道，那時，濕氣在石縫裡凝結成許許多多的小水珠，水泥砌成的地面，是濕漉漉的一片片，政五組窄小的辦公室就在西邊的第一間，木製的檔案櫃，散發著一股霉氣味，老參謀嘴裡含著香煙，時而吐出一圈圈白色的清煙，時而提提老花眼鏡嘆嘆氣。福利官交給我的第一份工作是登記待焚燬的舊檔案，也是我第一次接觸特約茶室業務的開始。

坦白說，過時待焚的舊檔案，仍然有其存在的價值，對一位新進人員來說，更如同神助。因此，經過福利官的同意，我們保存了部份可供參考的法令規章。特約茶室就是依據國防部頒佈的「台灣省各縣市公娼管理辦法」的法源依據來設立，其他的管理辦法，則由各軍種、各防區自行釐訂細則。因此，我們肯定，金門特約茶室的設立是合法的。然而，以前的那套管理辦法，非但不完善，而且還隱藏著許許多多的陋規陋習。員工與侍應生之間的互助會，糾紛層出不窮，一方貪財，一方貪利，美其名為互助，實際上是一堆吸血蟲，相互吮吸。管理幹部騙財貪色、白吃白嫖，做假帳、假報銷，剋扣侍應生的副食費……等等的不法行為，隨著時光的消逝，都一一地浮上檯面。然而，想要整頓這個複雜的單位和環境談何容易，首先我們面對的是人事問題，七十餘歲的經理徐文忠先生是茶室的開國元老，據說他年輕時，在祖國上海，經營的也是這種行業。雖然沒人敢否定他的功勞和苦勞，但年紀確實大了點，在管理和領導上有力不從心之感，任由下屬胡作非為。當然，上級單位的參謀人員，假借公務之便，開著吉普車到茶室吃吃喝喝的大有人在。是否接受過性招待？誰敢保證沒有！只不過是沒人敢揭穿他們虛偽的面目吧。

終於，主任把他的祕書高中校與我們的副組長對調，上校副組長調祕書，中校佔的是上校缺，誰明升，誰暗降，武揚營區的官兵全都一目了然。長官不但想整頓福利單位，更想以高祕書的魄力來提升政五組的士氣，因為我們的組長劉上校屆齡待退，他是一位好好長官。果然新官上任三把火，火光首先在特約茶室上空閃爍，而裡面則是砲聲隆隆。徐經理退休，由「台北招募站」杜先生接任經理，並續兼台北招募站業務，以免侍應生的來源中斷。經過多方面的考量和研討，並經長官核准，我們以（57）宣反字第×××號令頒佈「金防部特約茶室管理規則」，除金城總室為經理外，其他如庵前、小徑、成功、山外、沙美、東林、后宅、青岐、大膽等分室原「幹事」提升為「管理主任」，下設管理員、售票員、工友，金城總室另設事務主任、會計員各一人並依侍應生人數的多寡做為員工編制的比例。六等二級以上的幹部報部任免，一般員工經過政四組安全查核後，由福利中心逕行發佈。並追加預算，發給管理主任職務加給每月五百元，管理員、售票員每月三百元。其目的是為了杜絕那些不良的陋習和歪風。一旦違法，並經查證屬實，難逃解雇的命運。

台北招募站的招募費，也一併調整，由每招募一位新侍應生給一千元，增加為一千三百元，惟希望能招募到一些較年輕貌美的小姐，但來金服務未滿三個月，中途因其他事故而解約者，其已領之招募費必須追繳。是的，重賞之下必有勇夫，每個航次都有新進的侍應生到茶室報到，由金城總室負責分配，姿色較佳者，以庵前茶室為優先（庵前茶室為校級以上的軍官部，不接待校級以下的官兵），依次為尉級以上的軍官部，並由總室依實際需要，實施輪調。每三個月，配合東、北碇運補航次，由總室派遣一位管理員，以及數位侍應生，到離島巡迴服務。甚至在「慈湖海堤」日月趕工的時候，長官也指示，在安岐租用民房，設立機動茶室，以紓解官兵的工作壓力，解決官兵的性需求，並非免費慰勞，依然要買票入場。長官設想之周到，讓他們爽到最高點。其實說穿了也沒什麼，因為長官也是人，畢竟懂得人心、人性。當然，到了庵前軍官部，他們是不好意思跟著少校一起排隊買票的；或許會自行開車前往，或由侍從官、駕駛兵先行進去通報，悄悄地從後門進去，辦完事後再笑嘻嘻地蹓出來，這在庵前茶室來說，或許是司空見慣吧。

詩人，此時雖然已啟開了我的記憶之門，但我枯燥乏味的陳述，像是向長官做簡報似的。你最關心的是侍應生的來源，是否真如外傳的私娼和女犯人？這是錯的，而且錯得離譜。坦白說什麼行業都有它的門路，台北招募站雖然沒有掛牌，但一些被歲月奪走青春的老娼們，或一些不願被老鴇、被黑道兄弟層層剝削的姑娘們，或許她們已打聽到，外島金門有十萬砲兵部隊，芋仔蕃薯，南貢北貢都有，是一個很好「趁吃」的地方。她們會自願地找上台北招募站，提出戶籍謄本、身分證、同意書由招募站呈報金城總室，並由總室為她們填寫「金馬地區出入境申請書」經福利中心轉呈司令官（業務承辦單位為政五組），當我們接到申請書，必須先會政四組，請他們為該女做「安全查核」。一旦有前科或有不良紀錄，絕對不允許她入境。如果沒有安全顧慮，我們會以簡便行文表移請第一處為該女辦理入境手續。因此，我們肯定，特約茶室侍應生的來源，絕對是出於她們的自願，也是合法的入境。相信用我們的人證和物證，足可粉碎媒體那些不實的言論，還給軍中特約茶室一個公道。

詩人，從以上所述，相信你對茶室的設立以及侍應生的來源，不會有心存疑惑的地方吧。她們與茶室是採四六分帳，食宿由茶室負責，每星期一公休，但必須接受醫療單位的性病檢查，由軍醫組責由東沙醫院及料羅醫院負責執行，如果有檢驗不實，醫務人員必須受到嚴厲的處分。一旦呈現「陽性」反應，必須馬上停業，送性病防治中心，接受治療。性防中心設在尚義醫院後方的一處碉堡裡，內有十餘張病床，我們在福利盈餘的項目裡，編有性防中心事務補助費每月五百元，由尚義醫院具領，醫務人員及藥品悉由院方供應，接受治療的侍應生，不得擅自外出，不得私自接客，違者，遣送返台。經常地，我們會會同政三、主計突擊檢查，當然，並沒有發現到有違法的情事，因為除了金錢外，她們也懂得珍惜性命，期望將來從良後，能生兒育女，做一個賢妻良母。由此可見，軍方雖然從她們身上謀取一份福利，但也善盡照顧之責，絕對沒有額外地收取她們的費用，增加她們的負擔。甚至，在她們意外地懷孕、生產、或接受人工流產時，只要檢附醫院的證明書，就會發給她們五百元的營養補助費，也給予她們一個月的假期，在室內休息，這也是一般公娼館，所做不到的。雖然她們的收入多數是以美醜來衡量，但個人有個人的謀生方式，生存空間。或許只要服務態度好，表現得溫柔體貼，再老再醜，還是能博取一些老顧客的歡心。因為他們離家實在太久了，孤單寂寞的心，急想得到安慰，壓抑的性、急待紓解。其他方面，他們還能企求什麼？唯一的夢想，或許是反攻、反攻、反攻大陸去吧！

詩人，此刻明月已高掛天際，冷冷清清的街景，彷彿是我寂寞的心。你問我說：特約茶室為什麼又叫「八三一」？（一、讀腰，二、讀倆，七、讀枴，九、讀鉤，〇、讀洞，其他則不變。）這個問題真叫我啼笑皆非，有人說八三一是特約茶室的電話號碼，有人猜是特約茶室的代號，就像「擎天部隊一〇五單位」是金防部政五組一樣。想當年電話號碼是屬於密字等級，一旦洩密，軍法大刑伺候，然而，現在來談談似乎也無所謂了。茶室的電話號碼統一為〇一八，但總機則不一樣，譬如：金城總室是西康五號〇一八，庵前茶室是西康七號〇一八，山外茶室是西康六號〇一八，成功茶室是西康三號〇一八，小徑茶室是康定〇一八，沙美茶室是吉林〇一八，東林茶室是新疆〇一八，而福利中心是西康六號〇一三，而我直屬福利站則是西康二號〇三一，這些近乎讓人混淆不清的號碼，的確要感謝通信組承辦人員的用心，而它卻與特約茶室一點關係也沒有，或許是一些無聊的軍中朋友賜予它的綽號和諢名吧。如以歷史的層面來說，八三一並不代表任何的意義，以它原始的特約茶室來稱謂，才不會失去這段歷史的價值和意義，這也是我們不能不有的認識。

詩人，特約茶室的設立，侍應生的來源，八三一的謬誤，我都為你做簡單的描述。至於為什麼會開辦「社會部」，那是針對地區無眷的公教而設立，並由金城總室試辦，時間限定在晚上八至十點，票價是軍票的三倍。雖然我們不能以此來歌頌長官的功德，但至少，他懂得人性。有眷的公教可探眷，無眷的公教呢？他們沒有將軍的福份，茶室的後門永遠不會為他們開，只好夜夜思女到天明；偶而的，再來一次五個打一個的成人遊戲吧。然而，社會部的營業狀況並非如我們想像的那麼熱絡，甚至還發現一對母女私娼（老的並非在地人，據說是早期的侍應生，從良後緣定金門，夫已歿，為了生活又重操舊業，把女兒也拖下水。）在戒嚴時期的戰地金門，在民風純樸的英雄島上，簡直是不可思議。尤其是那套讓人膽顫心驚的單行法，誰敢不依不從。經過警方的調查，長官也體諒她們的生活狀況，嚴禁老的再重操舊業，把小的（已屆法定年齡，並經過同意）安排到茶室，讓她成為合法的公娼。

社會部的壽命，維持的時間並不長。真正的公教，大部份都有某一方面的顧慮，惟恐在買票時，碰到長官、同事和熟人，當然也有少數的三五同好，更有單槍匹馬的勇夫。但問題的癥結並非是它收支不平衡，而是少數有家眷的公教不安份，以及一些道貌岸然的社會人士，不僅常去走動走動，更進一步地和侍應生博起了感情，家庭糾紛層出不窮，黑函滿天飛。我們曾經把一批批的匿名信，移請政四組轉「一〇一工作站」來查證，然而自始至終，並無任何的結果。當然我們也知道，一〇一是辦大案的、抓匪諜的，如果破了這些小案，對他們來說或許太沒有面子了。或許是他們網開一面，不願追根究底，為那些嫖客留下一點顏面，以免被貼上一張難看的「嫖籤」。經過多方面的思慮和考量，長官終於批准我們的簽呈，社會部的命運就此「夭壽」，讓那些無眷的公教，回復到「哈」的原點。

詩人，轉眼離開太武山谷已三十餘個年頭，雖然離我蟄居的地方近在咫尺，但我卻未曾重臨這個孕育我成長的地方，翠谷青蒼茂盛的林木，水上餐廳的山光嵐影，明德塘的魚蝦和水草，太武山房幽雅的景緻，圖書館豐沛的藏書，武揚坑道更有我青年時期的回憶，當然，還有《失去的春天》。如果沒有在這方戒嚴時期的軍事重地裡歷練，我的體內何能衍生一顆文學之心，也不可能與文學產生互動。曾經初中一年級的學歷讓我自卑，而今卻以它為榮。只是無情的歲月不饒人，我已從當初容光煥發的青年，搖身變成一個白髮蒼蒼的老年人，齒落骨鬆、眼花耳聾，記憶衰退又癡呆。人生的路途再遠、再美好，卻由不得我們自己來選擇，總會讓我們身不由己地，抄天國的小路走。而天國是否就是天堂，先行抵達的文友們，是否已竄出了一片天，攀上了陰間文學的最高峰？

詩人，十餘年的山谷歲月，所歷經的人與事，雖然不能如行雲流水般地，從我的記憶中傾洩而出，然你欲知的部份，我已坦誠相告，如果有誤，那便是我腦已昏。今年春天，我勉強接受一家平面媒體的訪問，雖然在某些部份有所保留，但幾十分鐘的訪談，卻只有寥寥三五百字、不痛不癢的報導，實在令人失望。爾時，又有某電子媒體的主持人，打來電話，自稱是透過一位作家朋友的介紹，想實地來做專訪，希望我能協助。然而，茶室已停業多年，所有的房舍均已面目全非，幾位從良的侍應生，現在過著幸福美滿的生活，我們能那麼缺德地，再去揭開她們的瘡疤和傷痕。茶室多位老幹部，都是軍職退役後轉任，現在碩果僅存的已不多。前些時，看到一位管理員，在接受某報記者的訪問時，似乎有辭不達意之感。他是否已年老了，記憶也衰退了；還是任職的時間不長，對茶室的業務不熟？當然記者對茶室也是陌生的，或許他們從未進過軍中樂園，致使他怎麼說，他們怎麼寫，如有可議之處，就讓讀者自己去求證吧。董振良在拍攝公視【走過戰地——金門半世紀】第二單元裡，曾經有一段我與楊樹清有關茶室問題的對話，我試圖對外界一些不實的輿論，加以澄清，或做某一方面的詮釋，但它卻命喪在董振良的剪刀下，可能深恐與主題脫了節，不得不讓它壽終正寢。

詩人，今兒已是浯鄉的深秋，亦是時序的霜降，窗外風沙與落葉齊飛，遠方的山頭是楓紅一片片，如果時光能倒轉，重回三十年前的原點，我的春天將不會失去。山谷的一景一物、一草一木，陪我渡過多少日月晨昏；蜿蜒的小路，巨巖重疊的山巒，有我青春時期留下的腳印。願來生能重臨山谷，找回失去的回憶和春天……。

二〇〇一年十一月作品

李大人

今天很巧，在新市街道碰到了李大人。

他的頭依然抬得高高的，那種意氣飛揚、不可一世的傲慢姿態，並沒有隨著歲月的消逝而改變。他裝著沒看見我，難道我要問他一聲：食飽嘸？那是不可能的！

李大人的母親和我是同村，雖然不同堂，但卻同輩，若依傳統的論理和輩分來說，他應當叫我一聲：阿舅，然而他卻違背了傳統，直喚我的名字。坦白說，這也無傷大雅，因為彼此的年齡相當，他又在我們村裡的學堂，接受過啟蒙教育，不僅是同學、也是童時的玩伴，早已習慣呼名和喚姓；況且，名字只是一個人的符號，如果刻意地去計較別人對自己的稱呼，並沒有太大的意義。那時，我剛由公轉商不久，而他已是這方新市鎮一毛二的管區警員，畢挺的制服，兩顆星星在胸前閃爍，頂上的大盤帽，腰際的警棍和配槍，讓一個原本平凡又不起眼的村警，一夕間成了人人欽羨的大人，但我始終沒和他攀過任何的關係，安安分分做一個戰地政務體制下的小市民。

在以軍領政的戒嚴時期，也是小人得志、李大人最風光的時刻，他六親不認，鐵面又無私，講的是法、理、情；當然這只是對一些和他沒有利害關係的鄉親而言，而一些能任由他需索者，往往能網開一面，講的是情、理、法；無論從正面或反面，被欺壓者永遠是善良的老百姓。這雖然是大人醜陋的一面，然當權力在握時，誰不想以權力來換取自身的利益，誰不想以權力來炫耀自身的博學，這也是功利社會極其自然的現象，如果不想被欺壓，就乖乖地做一個順民吧！然而人都能如此嗎？卻也不儘然，往往，受壓迫愈大，反抗的聲浪愈高，因而，在這方小鎮上，我們經常可見到，大人與民爭吵的場面，或許最後的輸家是百姓，但誰敢保證有永不輸的大贏家？大人的一言一詞、所做所為，幾乎都牢牢地銘記在小市民的心中，能忍受一時，卻不能忍過永遠，當有一天，他的行為出現差池的時候，反抗的聲浪、反撲的動作，將是大人內心永遠的痛。

每天早上，大人的首要任務是巡視街道，他挨家挨戶要求商家掃地、把拉圾桶排列整齊。當然，美化環境是好事一樁，共同來維護一塊乾淨整潔的廊道，也是我們所該追求的，然而商家有時則因忙於店務，未能即時出去整掃，毋寧說這也是我親身的體驗。那時，彷彿就在昨天似地讓我記憶猶新，大人見我忙於生意，遲無出來整掃的動靜，於是他猛力地吹了一聲口哨、擺了一張臭臉、抬高了左手腕、看著錶、計算著時間，當我的生意告一段落，拿著掃帚出去時，或許已過了好幾分鐘了，只見大人左手插腰，右手指著我，高聲地罵我：「莫名其妙！」那時我年輕氣盛，怎能容得下這種被羞辱的聲音，於是我極端地生氣、也不客氣地高聲反問他：「什麼叫莫名其妙！什麼叫莫名其妙！」一面尖聲嚷著，一面上前緊逼著他後退。他見我動了肝火，竟嬉皮笑臉地拍拍我的肩說：「老同學，不要這樣嘛！」我沒理會他，先擺好垃圾桶，然後掃地，既然老同學不要這樣，當然也不要那樣了，而到底要怎麼樣呢？或許答案就在他的心中。於是他自討沒趣地走了，爾後見面時他會認我這位老同學嗎？還是良心發現叫我一聲：阿舅？抑或是挾怨報復、跟我沒完沒了？或許，過多的臆測並沒什麼意思，況且這並非是一件什麼大不了的事，民不與官鬥，過去也就算了，我心裡如此地想著。然而，大人的思維是否也如此呢？小人總有小人步，只是時機未到而已，您就慢慢等吧！

七十年代初期，雖然兩岸對峙依舊，但似乎已遠離了砲火硝煙，惟有當權者，依然做著反攻大陸的美夢，因而這方土地仍然是戒嚴地區，晚上十點宵禁，並實施燈火管制，凡有電燈的地方，必須要套上內紅外黑的雙層燈罩，以防燈光外洩。然而那些執法者卻拿著雞毛當令箭，試想，一間長廿二公尺的店面，除了前門，餘既無窗又無戶，靠門的第一盞燈，套上燈罩原是無可厚非的，而最後面的那盞燈，再怎麼亮晶晶、再怎麼亮光光，也不可能讓燈光外洩，因而最後面的那盞燈我並沒有套上燈罩，經過好幾個月，也接受過檢查，並沒有被糾正或受罰，然而，有一天大人來了，他二話不說，開了一張《六法全書》裡面，找不到違法事項的罰單，我不想和他爭辯，欣然地接受他的處罰。然我一直在思考：要如何向大人討回這筆一百二十元的冤大頭錢，或許只有等機會再說了。雖然先賢說：君子報仇三年不晚，但三年對我來說實在太久遠了，大人隨時會調離這個小城鎮的；當然我也懷抱著一顆寬容的心，只要大人別再找碴，就讓這件不如意的事從記憶中淡忘吧。然而能嗎？大人現在大權在握，想找一個在社會上既不起眼、又沒有利用價值的小市民的麻煩，簡直易如反掌，我也暗中警告過自己，別讓大人用小人計，把善良的老百姓送到「明德班」管訓，那才糟！

從小因家中貧寒，讀完一年初中後就失學，長大後夢想能開家書店，好一面賺錢，一邊看書。然而夢想雖然如願，不如意的事卻一籮筐，其中的甘苦，非局外人所能體會。尤其是在這反攻大陸的最前哨，以及戒嚴軍管時期，情治單位和主管機關對文化事業的嚴控，他們設有「特檢組」，以印刷品交寄的圖書，必須先經由他們檢查過後，始能領取；以包裹交寄的郵件，則須由支援郵局擔任郵檢的警察人員，拆封檢查後始能領回，還得不定期接受主管文化業務單位的臨檢。倘若這些檢查人員具備專業知識，倒也能讓人心服，但並非個個都如此，往往他們的自由心證凌駕專業知識，看到性字就是黃色；看到不同的言論，就是黨外書刊，帶著警總一疊厚厚的「查禁書刊目錄」來壓人。甚至文教科的林股長，在某一次檢查時，帶走我五本朱孟實先生的《談修養》，當然受過高等教育的林股長，怎麼會不知道孟實先生是何許人，他是滯留在大陸呢？還是真投了匪？他的作品是為匪宣傳呢？還是能啟發讀者心靈生活之真實價值？多少高等學府以台灣開明書店出版的《文藝心理學》做為學生的教材，學生是受益呢？還是思想左傾？時至今日，我依然不認同林股長的做法，只是那個時候，民豈敢與官鬥，別到時被戴上「販賣投匪作家的作品」再加上「思想有問題」的大帽子，讓你永不超生，那才叫悲哀！

往往出版社所交寄的，不是印刷品就是郵政包裹，因而，幾乎每個航次都必須到郵局領取，也經常地碰到李大人支援郵局執行郵檢，有時他是馬馬虎虎地讓我過關，有時卻是吱吱歪歪要我一件件打開讓他檢查，而且也經常假借職務之便，當場向我借書，有時還、有時卻不了了之。對於他的為人，我不但清清楚楚、也了然於胸。心想，何必與這種人計較，只要他不要太過份就好。然而，自從燈罩事件被罰後，我的心裡一直很「賭膦」，當然他也看得出來；而湊巧，年前的某一個航次，限重十公斤的包裹來了二十幾件，負責郵檢的巧而是李大人，我打從心裡暗笑，這下可不好玩了，果然他要我一件件拆開檢查。

「你就做做好事，行行善、好不好？」我陪著笑臉，和他打著哈哈，「我撕開包裹的角落，讓大人您檢查，還是任由您抽檢，免得剪斷包裝帶又拆封，待會兒散散落落的，不好搬運。」

「我是依法行政，每件都必須拆開接受檢查，至於要怎麼搬，那是你家的事！」他冷酷、無情而又神氣地說。

我不再回應他，當然也不會求他，任由他拆封檢查，每當他檢查完一件，我就搬上手推車，但書的封面幾乎每本都上過腊，因而容易下滑，不能疊太高，只好分次推回店裡。然而當我清點核對發書單的時候，卻發覺短少二本時下最暢銷的書，瓊瑤的《一簾幽夢》以及《煙雨濛濛》，我很快地就意識到，一定是李大人趁我不留意時取走的，婉轉一點的說法，或許是先拿去看再補借吧。於是我快速地回到郵局包裹招領處，果然不出我所料，李大人正陶醉在《煙雨濛濛》浪漫的情節裡，陪伴他的，是桌上的《一簾幽夢》。

「你為什麼拿走我的書？」我一股兒從他手中把書搶了過來，不客氣地說。但我還是為他留了顏面，沒有用「偷」這個尖銳的字眼。

「看完會還你的，你緊張什麼！」他看了我一眼，又取來另一本，我毫不猶豫地又把他搶回。

「坦白告訴你，我開的是書店，不是租書屋，」我極端不客氣地說：「以後少跟我來這一套，不然的話我就告你！」

「這二本書多少錢？我全買了！」他從口袋取出二張百元大鈔，有點兒生氣地說：「有什麼了不起嘛！」

「沒什麼了不起，」我把書放在桌上，「二本書是四百元。」

「什麼？」他訝異地，「你打過折沒有？」

「誰規定書要打折？」我說。

他心不甘、情不願地，又拿出二百元遞給我，是否自認倒楣呢？還是踢到了鐵板？抑或是怕挨告？或許，什麼都不是；四百元的書籍，扣除成本是否能賺取一百二十元，才是我最關心的，其他與我何干！

戰地政務體制下的人事任免，經常是不按牌理出牌的，以前同在一個坑道辦公的軍副主任調任縣長，另一位副主任到縣黨部當了主委，政一組副組長卻當了警察局長，雖然不同組別，卻同在一間餐廳吃飯、同在一個營區活動，儘管他們是長官，但想不熟悉也難。

當我離開公職來到這方小鎮經商時，未曾刻意地向人炫耀這層關係，也從未給長官增添過任何的麻煩。然而只要長官路過新市里，在時間允許下，總是不忘停車打聲招呼，親切地問問有沒有事，時而也話話家常。有一次，卻讓巡街的李大人碰見了，他左思右想，怎麼想也想不到，我與他的直屬長官，竟如同兄友般地談笑自如。

「你怎麼認識我們局長的？」李大人找了一個機會，問我說。

「坦白告訴你，從縣長、主委到局長，都是我的老兄弟！」當然，老兄弟是誇張了一點，老長官倒是真的，「不信你去問問看！」終究，他是被我唬住了，諒他也不敢去問，倘若真問了也無妨，長官是認識我的。

「想不到，真想不到！」他訝異地說。

「想不到的事情還多著呢！」我賣了點關子。坦白說，在這個現實而有趣的世界裡，小人絕對是怕唬的，但也必須唬得住他，方能讓他心服；反之，他將吃定你，這也是極其自然的事。

從此之後，李大人收斂了許多，也客氣了不少，我知道他是因人而異，善良的百姓是享受不到如此待遇的。然而好景不常，舊的夢魘剛驅離，新仇又上心頭；起因於我的分店懸了一塊未經申請的新招牌，依爾時的法令，是可以補申請的，但李大人二話不說、公事公辦，給我一張「妨害秩序」的罰單，又來上一個「妨害安寧」的罪名，處我一千二百元的罰款。我雖然書讀得少，法律也一竅不通，但這似乎是過份了一點，倘若找老長官出面關說或施壓，未免太沒格調了，依當時的經濟狀況，千餘元只不過是小事一樁，何必勞師又動眾，我的心裡如此地想著。因而我決定孤軍奮鬥，和李大人週旋到底。首先我拒絕在罰單上簽名，當然他可以逕行告發，但我似乎管不了那些，也沒有依限向他繳交罰款，諒他也不敢把我移送法辦，而他卻不能不結案；於是他自作聰明代我繳了罰款，把貼了印花的罰單拿來向我要錢。

「錢我幫你繳了，」他把貼著印花的罰單遞給我，「一千二，不信你數一下印花就曉得。」

「謝謝啦！」我裝迷糊，笑著說。

「拿錢來還啊。」他伸出手，極端正經地說。

「大家都是老兄弟嘛，既然你好心幫我繳了，不就算了嗎；還要我還什麼錢呢？」

「少跟我來這一套！」他有些兒生氣地，「賺那麼多錢，也不懂得擺桌酒席，請所裡的同仁們吃吃飯，連絡連絡感情，你今天竟然還想吃我！」

「吃你？」我重複著他的語調，「我那裡有這種膽量；想請教、請教你倒是真的！」

「你給我說說看！」他聲音略為大了點。

「什麼叫妨害秩序呢？」我問。

「你掛招牌沒有申請，就叫妨害秩序！」

「不是可以補申請嗎？」

「別人可以，你不行！」

「好，有種！」我冷笑了一聲，「什麼叫妨害安寧呢？」

「你叫人在牆上敲敲打打，就叫妨害安寧！」他有些兒激動地說。

「好，好厲害的手腕！」我指著他，高聲地說：「欲加之罪，何患無詞啊！」

「你敢把我怎麼樣？」他說著，用右中指朝下用了一下，「你去找縣長、找局長，就說我李某人罰你一千二！」

「你不要囂張，你的每句話天聽到、地也聽到，你會得到報應的！」我氣憤地指著他說。

「那是我家的事，不必你操心！」他說著，伸出了手，「一千二拿來。」

「以後再說吧。」我冷冷地答。

「我不怕你不還！」他說完後，氣呼呼地走了。

或許，他已深知我是一個，不善於打小報告以及搬弄是非的人，因而才敢那麼地囂張和跋扈，才敢如瘋狗般地、緊緊咬住一位小市民。當然他見到我是很「賭膦」的，我看見他亦有同樣的心情，以往的一些老關係，似乎也慢慢地不存在了。久久，我並沒有把一千二還給他，有一天，他到我的店裡，買了四本一百二十入，活頁、精裝的資料簿沒付錢，每本訂價是三百五十元，當然我知道他存心拿去抵帳的，他心不甘、情不願地在賒帳簿上簽了名，我心裡想著：不怕他不還！

隨著一波人事異動，李大人終於被調到港警所，當我獲知這個訊息後，我立即地向他催討這筆欠款。

「老子有錢也不還你，有種你去告！」他傲慢地說。

「你只要再還我二百元，我們就把前帳一筆勾銷。」我低聲地說，企圖把這個心結化解掉，朱子曾經說過：人情留一線，久後好相見。而今天，彼此間並沒有什麼深仇大恨，何必為了一點小事，而傷了感情。

「一毛也不還！」他高聲地說，似乎也看扁了我。

「男子漢、大丈夫，講話算數？」我氣憤而高聲地問他。

「有種你去告！」

我不再回應他，轉身就走。對這種小人，是否該給他一點顏色看看呢？還是從此以後讓他看衰？雖然睹膦滿肚，但我並沒有直接找老長官，而是到政委會監察室，向老朋友也是首席監察官的郭上校陳述了一遍，他隨即找來督察長；督察長的一通電話、一句「今天不還錢，明天就辦人！」的重話，殺盡了李大人囂張跋扈的銳氣！

然而李大人是否會因此得到了教訓，變得謙卑有禮，以一顆誠摯而熱忱的心，來面對鄉親、服務桑梓；還是以自身的利益為出發點，任由他需索、任由他刁難，置鄉親權益而不顧。如此之貨色，簡直是人人欲誅之！

到了新單位，李大人依然我行我素，受刁的百姓，也是敢怒不敢言。當然他執行的是公務，有時也不能主觀地認定他是在刁難百姓，只是他的行為，已到了嚴重差池的地步，他竟然趁著執行公務之便，勾引一位有夫之婦，在候船室加以性侵害。原以為天衣無縫，殊不知在嚐盡甜頭之後卻碰到鬼。在一次村民大會時遭人檢舉，把整個醜事揭了開來，列席的督察長保證不護短，只要查明屬實，絕對依法嚴辦！於是，李大人頂上的大盤帽被摘了，腰際的槍械亦被卸除，胸前那兩顆星星也不再閃爍；從此之後，李大人的身影就消逝在浯鄉這片土地上……。

敢問仙人道長：這是否叫報應？

二〇〇二年七月作品

木棉花落花又開

詩人，門外木棉的枝椏，已由嫣紅的花朵，轉為茂密的綠葉。若依時序來說，這只不過是穀雨過後的初夏，是季節的使然，抑或是受到風雨的摧殘，不該凋零的花朵，卻掉落滿地，徒讓搖晃的枝椏萌起了新芽。

謝謝你在百忙中看完我《冬嬌姨》，你說冬嬌姨的影像曾經在哪裡見過，這是五〇年代一個典形的人物，亦是美的化身，就彷彿是你一位不該愛的愛人一樣，雖然你和她相識已有數千個日夜晨昏，但真正發現到一個美的影像卻是在最近的一段時光裡。以前只認為她是一個平平凡凡的女子，經過幾次交談、經過深入瞭解；經過你用藝術家、文學家、詩人，三合一的慧眼來觀察，她高䠷的身軀、飄逸的長髮、婀娜的丰姿、端莊婉約的儀態、文雅的談吐、圓融的人際關係，與冬嬌姨是多麼地相似啊。雖然她有一個美滿的家庭，有乖巧的兒女，有深愛她的丈夫，然你卻不能忘懷一個美的影像，讓它別無選擇、無怨無悔地，深植在你的腦海裡恆久不散，倘若年老時，也會有一個最美的回憶。

詩人，我知道你曾經讀過克羅齊的《美學原理》，對美的認定有不同的思考，也有異於凡人的見解，然而，冬嬌姨卻是在我腦中醞釀出來的人物，雖然與實際人生差距不遠，身為作者的我，非但做了長久的觀察，也化費好大的一番心思，始能把她塑造成一個讓詩人你心儀的人物，這是我深感喜悅與安慰的地方。然而依你所言，那個美的影像近在咫尺，雖然每日都有交會的時光，但如果錯過那交會的一刻，你會有一份難以言喻的失落感，或許你真的沒有企圖心，也從未想過要從她的身上得到什麼，只盼望著看到她，只盼望著能與她天南地北地暢談，無論從古典、從現代、從文學、從藝術、從教育、從家庭、從時事、從政治，甚至從運動延伸到修身、美姿，當然也很嚴肅地談起人心、人性，由人性再延伸到幸福的議題，每每你們都是毫無顧忌、毫不避諱地暢所欲言，讓事實更明朗，讓心中的疑問消失在彼此的真誠上。

詩人，我很高興你能在短暫的人生歲月裡，覓得如此的知音，但願爾後為你帶來的是福而不是禍。在現實的文壇上，你已奠定了一個良好的根基，也擁有一個讓人欽羨的清名，雖然你口口聲聲說，從未想過要從她身上獲得什麼，但感情的進展有時卻讓人難以捉摸，它必須要有超人的定力和智慧，方不致於愈陷愈深，方能從一個萬丈深淵爬起來。或許我是多慮了，追求美是你此生最大的堅持，從你的詩裡，不但可看出一些端倪，你的文字何嘗不也是一個個愛的音符在躍動。什麼樣的詩人寫什麼樣的詩，什麼樣的作家寫什麼樣的作品，但如果心中沒有愛的存在，不懂得愛的真義，寫出來的必也只是一堆文字與文字的組合。對自己心儀的女子，如果品不出她高尚的情操，品不出畫家眼中美的曲線，品不出小說家筆下的似水柔情，我們或許會衍生出一個疑問，她到底美在何處？詩人，你膽敢說老哥哥的頭已昏，提出一些不合邏輯的問題，如果你對愛的詮釋尚有疑問，必須再深入朱光潛先生的《談美》以及《文藝心理學》後，再來詳談吧！

詩人，你說今天她打從雨後的長廊走過，棗紅色的套裝，除卻短裙改配黑色的長褲，柳腰肥臀在廊上搖擺，額上的瀏海隨風飄動，披肩的長髮像一片深深的墨竹，明星也沒有她的風華。當她回眸一笑的那一刻，細平眉下的那對鳳眼卻緊緊地扣住你的心弦，高挺的鼻樑、薄薄的唇，蜜桃般的臉蛋、白皙的肌膚，你的心已不能專心地創作，撕掉的稿紙猶若她踩過的地磚，最後雖然定稿有了佳作，卻是你此生寫過最短的一首詩，這首詩題名不叫美麗而叫〈幸福〉，詩裡只寫下短短的三個字，那三個字是最庸俗、最不入流的我愛妳！

詩人，你的行為是有差池的。詩，不是順口溜，也非歇後語，你從這條路走來，已不是一段短短的時光，為什麼會為了一個你心儀中的女子，寫出這首不及格的詩？誠然詩的表現各家不一，方家的解讀亦然，但你卻認定它是一首難得的好詩、難得的佳句，只差沒有得到文學獎而已，其他無論從任何一個角度、任何一個基點，它在你心目中、在你創作的歷程裡，已佔了相當大的比例、相當重要的位置。或許，詩是我文學創作最弱的一環，因而不能深入到一個詩人的內心世界，對於你創作的理念甚至意象，仍有不明之處，只能粗淺地感受到那份純真，以及對美的執著和追求，其他我能說什麼，用滿臉的茫然來詮釋我此時的心情，或許再恰當不過了。

詩人，你說她有一對瞇縫的鳳眼，以前的陳蘭麗、楊燕，現在的林憶蓮，都不能與她相媲美，尤其在她無意中眨著眨著的那一刻，更讓你全身上下有飄飄然的感覺，甚至想多看她一眼、二眼、三眼，讓你百看不厭，千看、萬看也不倦！詩人，至今我依然不明白，你竟然像著魔似地，以那麼誇大的言詞，來詮釋源自你心中的那份美，這與文學理論是背道而馳的，更何況你是一位詩人。誠然我們不能否定詩人的熱情，也不能否定詩人有其可愛的一面，文學創作也不必跟著理論走，然你是否想在文壇獨樹一格，或是想模仿西洋的藝術家，割下自己的耳朵，送給心儀中的女子，這才稱為美、這才叫著愛、這才能驚動天地和鬼神！詩人，如果你有如此的思維和想法，那便是錯，文人必須有傲人的風骨，千萬不能把自己的快樂建立在別人的痛苦上。況且，幸福也是靠自己去追求，沒人會主動地給予我們幸福，沒有結果的愛更要坦然處之，不可掉落在愛的深淵而不自知，別忘了這是一個危險的警訊，它足可讓你身敗名裂、死無葬身之地，更別夢想有那一個女人，情願為你流下悲傷淚。

詩人，你說想拜她為師，讓她引導你，進入太極的世界，她不加思索地一口答應，而且還現場露了幾個招式，她柔美的姿勢，熟練的拳法，讓你不佩服也難。她毫不隱瞞地告訴你該注意的事項和要領，從「虛領頂勁」、「尾閭中正」、「涵胸拔背」、「兩眼平視」，一直到「全身鬆開」，每一個姿勢，每一個動作，都為你做詳細的解說。然而你是否真有此意要成為她的門生、真能靜下你的一顆詩心來向她學習？還是依然想看她舉手投足時的美麗？在拙作《冬嬌姨》裡，有如此的一段：「營長的雙眼一直停留在冬嬌姨上下起伏的胸前，雖然她用衣服緊緊地包裹著，但那誘人的少婦胴體，卻深深地激動著營長的心靈；當冬嬌姨站起身，他的眼睛卻滑落在她的小腹上，而在冬嬌姨轉身的那一刻，他的眼珠卻在冬嬌姨渾圓微翹的臀部上打轉。」詩人，你想拜師的心是否與營長那時的心境一樣，如用醉翁之意來描述你或許不妥、也不敬。果真想從太極來修身、養性和強身，如果心中沒有邪念，相信她能引導你、帶動你，一步步走向一個虛擬的幸福世界，如果想獲得一顆甜蜜的幸福果實，不在人間，而是白午後的天上，只因為她此時的幸福已給予另一個幸福的男人，任誰也不能把它攪亂再和合。詩人，這是你此時此刻必須深思的問題，倘若再一意孤行，那扇你夢寐以求的幸福之門，永遠不會因你而開，誠摯的友誼也會因此而結束，屆時，你是得、還是失呢？

詩人，你說她不喜歡那種蜜糖般地黏黏的朋友，你是否曾經黏過她、或者打了不該打的電話、抑或是無聊地上過她的家門，造成她不必要困擾、影響了她的工作情緒？若是針對你而言，必須加以檢討，如果僅是譬喻，那便是在提醒。往往當局者迷，旁觀者清，有些小動作則易讓人誤解，果若因此而失去這份可貴的情誼，的確是得不償失。詩人，依我的判斷，你雖然有異於常人的豐富感情，亦有詩人的浪漫情懷，但不屬於那種蜜糖型的男人，你曾經是年輕的頑固份子、不滿現實的社會菁英、又有文學家的孤僻和冷漠，只是今天在這方土地上，遇見一位你心儀卻不能愛的女人，這是詩人你內心永恆的痛，也是你此生倍感遺憾的地方。詩人，千萬想開點，浯鄉此時洽逢枯水期，跳下太湖也淹不死，務請你省點力氣吧，免得勞民傷神、污泥沾滿身，倘若生前緣未盡，何不來生再續緣。

詩人，對愛你有獨到的見解，亦有不同的詮釋。愛和欣賞似乎也同在一個平衡點，如果對於一個美的事物，心中衍生不出一點愛，教人如何去欣賞它呢；如果純為欣賞，也只能用一對極平常的眼光來瀏覽，並不能在我們的腦裡長存，也不能激起我們心靈中的那絲火花。因而，我大膽地假設，舉手投足間都有詩魂存在的你，必也是先發現美而衍生愛復而再欣賞，不管我的推論是否正確，不管你曾經讀過《美學》、《詩學》、《心理學》或者是《玄學》，但千萬別忘了，理論與實務是有差距的。試想，愛何須要什麼理論，只要兩情相悅、坦誠面對，心中自然會有愛的存在；而美的定意又是什麼呢？詩人，你曾經說過：

凡是真就是美，然而當我們進入到欣賞的話題時，卻不得不坦言，每個人都有他不同的欣賞角度、不同的解讀方式，要不然，你為何不去欣賞那些妝扮得妖嬌美艷的明星名模，還是那些端莊婉約、口齒清晰的女主播，抑或是那些言辭犀利、不可一世的女政客，而你心中的美，卻建立在一個平凡的婦人身上，把她當成是一尊聖女來膜拜、把她當成是一個聖潔的處女靈魂來欣賞。詩人，你說當她穿著網狀的緊身衣，配上花裙時，你感受到她青春和俏麗，當她穿上長褲配著寬鬆的上衣時，你感受到她的端莊，而當她穿起了茉莉色的套裝，卻讓你感受到她的性感，也顯現出她高眺的身軀、修長的雙腿、渾圓微翹的臀部、以及一個如玉女般的小腹；或許稍嫌不夠飽滿的是她的胸，然你一向是最不欣賞大胸脯的女人，總認為大胸脯的女人沒有智慧，骨感遠勝肉感，況且你是一位讀書人，並不需要一顆大乳房來幫你做社交工具，這是我深感認同的地方，也佩服你有獨到的眼光。

詩人，恭禧你又有新的詩集要問世，這是你智慧的結晶，也是你用心血換取而來的成果，不管它能不能綻放出燦爛的文采、不管它能不能獲得方家的肯定和認同，倘若一位詩人寫不出詩，一位作家寫不出作品，他的文學生命勢必要宣告結束，又有何格與友朋談文論藝呢？這些年來親眼目睹你如泉湧般的文思，你欲追求的意象，也逐漸地明朗，詩中也不再出現一些晦澀的言詞和文字；豐富的意涵，獨樹一格的詩風，把你的作品提升到一個前所未有的意境，這是多麼地難能可貴啊！詩人，你說要以她的影像來做為這本詩集的封面，好留下一個永恆的紀念，除了她的身影，你將親手畫上一隻白色的天鵝，可是這個美麗的身影要從何處去捕捉呢？白色的天鵝是否能加上一些鮮艷的色形？但願不要畫成飛蛾撲火、自取其禍，方為上策，這也是我誠摯而善意的忠告；當然，我不反對你以《幸福》為書名，而〈幸福〉這首詩呢，不知該排列在那裡？或許是首頁吧，它象徵著你人生歲月的序曲、而不是尾聲！

詩人，此時新市街頭一片冷清，這是時局變遷後自然的景象，你也可以從我的詩作〈今年的春天哪會這呢寒〉體會出我此刻的心情和感受。董振良導演主辦的【台北人 故鄉事】藝文週，曾經邀請台語吟唱大師趙天福譜曲，在台北永康公園於閉幕壓軸時，帶動全場吟唱這首詩，如果你曾經到場聆聽，勢必也會感同身受吧！詩人，艷陽已高掛天際，映照在木棉的枝椏上，反射出一絲微光，倘若我們的文思依舊、文采依然，但願明年木棉花開時，能綻放出一朵朵、一串串，美麗又幸福的花朵……。

二〇〇二年八月作品

剃頭師

「剃頭」在古老封閉的社會裡，被歸類為「賤業」。

以前我們經常聽到：「第一衰，剃頭噴鼓吹」這句話，足可見當時對剃頭和噴鼓吹這兩種行業，歧視的程度有多麼地高漲。或許是爾時的環境衛生欠佳，以及醫藥水準低落的使然，不管是成人或孩童，「臭頭」和「爛耳」者不勝枚舉，剃頭師為了那份微薄的工資，只要顧客一上門，由不得你來挑選，必須忍受著那份髒和臭，時而彎腰，時而直立，小心翼翼地為客人剃頭、修臉。有時，當推剪不小心刺破惡臭的膿瘡時，孩童被刺痛時的哭聲，大人的咒罵聲，的確是苦了那些剃頭師們。或許，各行各業都有它不欲人知的苦楚，沒有歷經過的事物，也不能憑空臆測，古人對這兩種行業的歧視，是否真有一套讓人信服的理由呢？我們是一頭霧水、茫然不知。

從懂事後，每次剃頭，都是在自己的村落，由駐軍開設的克難福利社理髮部。那時的剃頭師，均是在大陸習藝而後從軍報國的「老北貢」，他們歷經三年四個月的學徒生涯，雖然所學的技藝各有千秋，但大師傅的架勢和神氣模樣卻如同一轍，小小的頭被他扳上按下，左扳右按，既酸又痛。脖子上的圍巾沾滿著髮渣，又刺又癢。洗頭時被他的長指甲抓傷了皮，疼痛難忍。那時人小又膽怯，竟連聲也不敢吭；倘若前人揶揄他們是：第一衰，而此時必須尊稱他們為：第一神。

十六歲那年，在升學無望的同時，經人介紹，我到座落於太武山谷的「金防部福利委員會太武理髮部」擔任售票員，吃、住公家，月薪新台幣三百元。白天除了售票、遞毛巾、到伙房打飯外；晚上打烊後，還要掃地、洗圍巾、洗毛巾、擦拭工具，雖然不是學徒，但所做的幾乎都是學徒的工作，只差沒替眾師傅洗內衣褲而已。那時軍中的人事體制似乎不太健全，承包理髮部的頭家名叫黃鳳騰，他在大陸曾經接受過名師的調教，擁有一流的頂上功夫，但大字卻識不了幾個，從軍後由大陸輾轉到金門，卻還是上兵理髮兵，也可說是北貢兵裡，軍階最低的一位。他按月向隸屬的勤務連繳交五百元的福利金，就任由他在外面當起了頭家。那些理髮師傅，也是經過挑選的台籍充員戰士，他們來自不同的縣市，個個都是頂上高手，因為在這裡剃頭的，大部份是防衛部的官兵，在高官多於小兵的大單位裡，更是馬虎不得。曾經有一位是台北「老美人理髮廳」的師傅，要傳授我手藝，他首先教我幫一些較老實的小兵洗頭，剃頭師的術語洗頭叫「淋山」。而淋山這個最基本的玩意兒，看似簡單，學來卻不易，往往不能搔到客人的癢處，還得讓客人親自動手猛抓起來；有時不僅把肥皂水沖到客人的脖子裡，且也灌進了客人的鼻孔內。而後師傅又給我一把舊剃刀，告訴我握刀的方法後，要我沒事時握著剃刀，手肘不能動，輕輕地搖動著手腕，這也是一種高難度的動作，並非一天二天、或一年半載可學成；想想師傅們學了三年四個月方出師門，實在也不為過。在傳統「剃頭ㄎ名聲」的使然下，我並沒有拜他為師的意願，再待下去似乎也沒什麼前途可言；不久，我就離開了太武理髮部，轉而回家協助父親農耕。

坦白說「做穡」並非人人可為之，至少必須具備一副強壯的體格；扛不動犁和耙、挑不動兩桶水肥，要怎麼做穡呢？總不能只牽牽牛、拔拔草吧；尤其自幼受到貧窮家境的影響，除了營養不良外，相對地發育也不健全，長得既瘦弱又矮小，想成為一個莊稼漢、做穡人，談何容易呀！我倒有點兒後悔，當初在太武理髮部時，為什麼不好好地跟眾家師傅們學學剃頭這門手藝，若依那時的背景關係，只要認真學，說不定很快就當起了剃頭師。而此時，機會已經錯過了，好名好聲回家做穡，卻勞累個半死，如果與ㄎ名聲的剃頭師相比，那真是東坡與西坡差多！做穡人必須靠天吃飯，剃頭師卻有人自願送錢來，君不見現時代的剃頭師們，無論穿著和儀表，個個都如紳士般地體面，每天在室內工作，既無刺骨寒風的侵襲，又不怕雨淋和日曬，猶若溫室裡的花朵，令人欽羨。

終於在一個偶然的機會裡，看到「山外理髮部」招收學徒的廣告，我和同村的幾位少年，決定去報名學剃頭，尤其是半年就可出師的速成班，最讓我們心動。或許，一般人對剃頭這種行業尚懷有偏見，因此報名的人並不多，我們正式被錄取了，也開始六個月的學徒生涯；想起半年後就可出師「趁吃」，內心有一份難以言喻的喜悅。然而，凡事也不能高興太早，一百八十餘個苦日子剛開始，以前承包太武理髮部的上兵頭家黃鳳騰，因為該理髮部不再外包而派到這裡當領班，我們雖然是舊識，但他始終有一種不可一世的大師傅架式，我並沒有刻意地去巴結他，任由他使喚；而且也和其他學徒一樣，輪流買菜、煮飯、提水、洗毛巾、擦工具、掃地、倒痰盂。當然，在幾位較熱心的師傅指點下，也開始用剃刀輕輕地刮著自己的腿毛，鍛練剃鬍修臉的功夫，有時師傅也做為我們洗頭或修臉的試驗品，一些較老實的客人也不例外。果然三個月下來後，我們不僅學出了心得，也有了信心，一旦有兒童或者是一些較老實的客人進來，師傅會讓我們先給他們圍上圍巾，然後拿起推剪，一緊一鬆、一鬆一緊，慢慢地往上推、向上剪，雖然剪成一個很性格的馬桶蓋，客人也不會計較，但卻是山外理髮部，剃頭師仔所剃出來的頭，惟恐砸了招牌，師傅也不忍心就這麼地讓客人走出去，總會重新為他們修剪一番。慢慢地，我們也領悟到「順」與「蓋」之間的區隔和技巧，一旦這道竅門被點破，半年出師非夢想，以前三年四個月的學徒生涯，的確是漫長了點。當然，若想成為一流的剃頭師傅，則要歷經一段時間的養成，更要以謙卑之心，接受老師傅的調教，認真學習和揣摩；倘若能由顧客的髮際、臉型，進而瞭解到他的心理，如此剃出來的頭，才能博取顧客的喜悅和歡心，只要顧客滿意，不想成為一流的剃頭師也難。

那時，金門地區有名的山外理髮部和太武理髮部都直屬於金防部福利委員會，總幹事是財務上校退伍的牛少齋，他靠著與司令官的關係，在福利單位，是一位意氣飛揚、一言九鼎的長官，員工一見到他那副長而不苟言笑的馬臉，無不懼怕三分。在太武理髮部古領班的建議下，牛老總同意我回到太武繼續學藝，這裡也是我最熟悉的地方，古領班和另外的兩位師傅也是我的舊識，他們笑說：「每月三百元的薪資要你學，你卻沒興趣；每月只有五十元的津貼，你倒學得很起勁。」人，往往都是如此的，沒有遭受環境逼迫的時候，不懂得去牽就它，也不懂得珍惜它。如果當初不貿然離開，認真跟眾師傅學藝，此時必是這裡最年輕的剃頭師，說不定待他們退伍後，我也有機會當上領班，只負責剃上校以上，那些高級長官的頭。

回到太武理髮部，雖然有舊識的領班和師傅，但我始終很識相，沒有忘記自己是學徒的身分，除了工作，也認真學習，畢竟還要兩個月才能出師。但人的際遇有時也難料，有一位師傅退伍了，他空缺的理髮椅，連續幾個航次，都補不到學有理髮專長的新兵，於是古領班發給我一套堪用的工具，一件白色的工作服，在客人多的時候，安排一些較易「賺吃」的客人給我，一方面讓我學習，一方面考驗我所學的功夫。所謂慢工出細活，這句話用在剃頭這種行業上，的確是較妥當的，客人最忌粗魯和草率，除非有緊急事故，幾乎沒有一位客人想三兩下把頭剃好，在傳統的觀念裡，剃頭和洗澡都是一種享受；因而，幾個月下來，我已領悟到箇中竅門，以慢工來彌補技術上的不足，況且我與眾師傅不同，他們技術好所以能快，也因為快而能多分點福利金；而我尚是學徒，怎能與他們相比，古領班給我這個磨練的機會，實在讓我感激萬千。每天，我大約有三、四次充當剃頭師的機會，一般理髮票價是三元，吹風抹油是五元，若以此來計算，一天下來或許有十餘元的收入吧，古領班囑我不必補票歸公，但要保密，一個月下來，連同五十元學徒津貼，約有四百餘元，的確讓我興奮異常。剃頭師雖然能夠慢工出細活，然而不管是上海師傅或北平師傅，不管他的技術有多麼地高超，亦有失手的時候，像我這種「半桶師仔」，更是狀況百出。在一次修剪客人的鬢邊時，只聽到「卡」地一聲，尖銳的剪刀已剪到客人的耳朵，只見客人的身軀抖了一下，紅紅的鮮血由微小的一處傷口不停地冒出，客人是一位老士官長，心想這一下可完了，不被他揍也會被臭罵一頓。我趕緊用毛巾按住他的傷口，但只要手一鬆，血又流出來；我改用棉花，效果亦然，客人見我緊張又害怕，並沒有責備我；我驚魂未定地求教於師傅，只見師傅不慌不忙地，從粉撲上拔下少許毛沾著粉，用力按在客人的傷口上，這一招倒也神奇，血就這麼地被止住了。對於這位客人，我懷抱著一份歉疚的心，在洗頭時，我特地為他做頭部和頸部上的按摩；在修面時，我輕輕地、慢慢地，把他的鬍鬚、把他的汗毛，一遍又一遍、一遍又一遍，刮得乾乾淨淨來彌補他，當然也向他陪罪。理完髮後，我再三地向他道歉，也堅決地不收取他的工資，他不但不肯，且和顏悅色地告訴我說：「老弟，你不要介意，這種事我碰多了；小心總有不小心的時候，況且你並不是故意的，只是不小心而已，以後我依然會找你剃頭。」

聽到客人的安慰聲，內心坦然多了；然而，是否每位客人都如此，那倒不儘然。剃頭師最怕的是「鬍鬚哥」也是術語稱的「蓋良」，一看見他們踏入店門，被輪到的師傅笑臉隨即往下沉，內心也會浮起一個「衰」字；昨晚剛磨的剃刀，刮一次又必須重磨，人家理好一個，他尚未把鬍鬚哥的鬍子刮乾淨，況且並沒有那一條法律規定鬍鬚哥剃頭要加錢，同樣的工資，卻要化兩倍的時間，倘若說鬍鬚哥是剃頭師內心永遠的怕，的確一點也不為過；但如果遇到無毛的「白虎」呢，對他們來說或許也是衰吧！往往，每當剃頭師要為鬍鬚哥修面時，必須先用鬍刷沾上肥皂，塗抹在鬍鬚上，然後敷上熱毛巾，讓粗硬的鬍鬚柔軟，如此地刮起來，方不致於讓客人疼痛難忍，也會刮得更乾淨。然而，半桶師仔的我，雖然也依樣畫葫蘆，但當我替伙房的鬍鬚班長修面刮鬍的時候，每刮過一個地方，微小的血珠就從他的毛細孔中冒出，躺在理髮椅上的鬍鬚班長，似乎也有痛苦的表情，我霹靂叭啦地在劃刀皮上，上劃下翻連續劃了好幾次，企圖讓剃刀更鋒利，也重新為他敷上熱毛巾，好讓他的鬍鬚更柔軟，如此一來，一定能把鬍鬚班長的鬍鬚刮得一乾二淨；然而正當我喜悅的同時，剃刀卻在他的唇角頓了一下，糟了，我的心裡如此地感應著。鬍鬚班長快速地坐了起來，在鏡前照照、用手摸摸出血的傷痛處，終於發了火。

「你他媽的會不會！」

我紅著臉，懼怕地不敢回應他，竟連一聲道歉的話也說不上口，最後雖然師傅出來打圓場，陪了不是，但鬍鬚班長依然氣呼呼地走了，臨走時還狠狠地瞪了我一眼，相信以後他是不會找我幫他剃頭了，這不知是幸、還是不幸？誠然，我的技藝有待加強，但在剃頭這個行業裡，我還是相信：小心總有不小心的時候，任憑你的技術再高超，任憑你是一流名師，亦有疏忽的時刻，只是客人不好意思對大師傅們動怒而已。坦白說，剃頭師形形色色的人看多了，上至高官頭家，下至販夫走卒，只要上了門，那一個沒讓他們摸過頭；因而，無形中也把他們塑造成一個「上等人」，一旦你得罪了他們，準會給你貼上一張「嘍囉所」的標簽。剃頭師最討厭的是鬍鬚哥和囉唆的客人，倘若被他們定位是嘍囉所而不自知，每次還對著鏡子東照照、西瞧瞧，嫌這、嫌那，可別惹惱了他們，並非你化了幾塊錢、給幾文小費，就想讓他們低聲下氣地來服侍你，如果有如此的思維，那便是錯。往往在客人看得見的地方，他們會順著客人的意思重新修剪，而腦後那片自己看不見的地方呢？不是半個「馬桶蓋」也會是一個「帽仔箍」，又有誰能奈何得了。或許當你發覺到被要時，會氣憤地說，以後絕對不找他剃頭，或換另一家理髮店，但如果你嫌東嫌西的本色不改，依然神氣活現，無論走到那一家理髮店，永遠是剃頭師心中的嘍囉所；換那一位剃頭師都一樣，換那一家理髮店也佔不到便宜，大凡能容光煥發地從理髮店走出去的客人，都是剃頭師心中的「禾是所」（好客人），畢竟嘍囉所是比較少的，但不能說完全沒有。

在五〇年代裡，剃頭師用煤球燒火鉗替客人燙髮；六〇年代時由吹風機取代，但如果髮絲較粗、髮質較硬，吹過的髮形，一覺醒來，保證又是根根豎立、排排站。不知是何方高明的剃頭師，用少量的「氫氧化鉀」配上「紅丹」和「磁土」調成「燒髮藥膏」，只要快速又均勻地把它塗抹在髮上，不久髮質就變軟而微曲，經過沖洗、抹油、吹風後，儘管是滿頭的鋼絲髮，最終也是服服貼貼的；尤其紅丹有黑髮的作用，一些髮質較硬、髮絲斑白的老北貢，更常用它來美髮。然而這種含有毒素的化學藥品，一經觸及人體，如不快速沖洗，易使皮膚腐爛，相對地頭髮亦然，剃頭師把燒髮藥膏塗上後，必須用梳子梳動著髮絲，把藥效的時間控制好；時間過短，髮絲尚未軟曲，時間過長，髮絲始必因腐爛而斷掉，要用什麼方法才能拿捏得恰到好處呢？除了憑經驗，也得靠運氣；剃頭師嘛，雖然處處小心，但總有不小心的時候。

太武守備區指揮官，陸副軍長的勤務兵王上士，他有一張討人厭的馬臉和一口大暴牙，但對理髮素來相當地重視。他的髮質雖軟卻花白，他想要的是藉著燒髮藥膏的藥效，來染黑而非燒軟；然而不管它的作用是什麼，都要有一定的時間，倘若燒的時間太短，白髮非但不能黑，反而成灰黃，一旦燒久了，則深恐髮絲腐爛而斷掉，因而他既要頭髮黑又要頭髮不斷，這也正考驗著一位半桶師仔的功力和智慧。然而能讓它兩全其美嗎？師傅都有困難，師仔焉能言易，而客人呢？有時外行充內行，一旦有了差錯，怨得了誰。

「王班長，洗頭啦。」我用梳子測試著他塗著燒髮藥膏的頭髮藥效，的確已到了不快點沖洗不行的時候。

「再等一等，沒燒黑多難看。」他看了看鏡子，不在乎地說。

「再等就變光頭啦！」我緊張地說

「光頭就光頭嘛，你窮緊張什麼？」他慢吞吞地從椅上站起，跟著我步向洗頭臺。

我快速地調整水溫，按下他的頭，以最大的水注沖洗他塗滿著燒髮藥膏的頭部，當我的右手鬆動著他的髮絲時，已深知到不妙，打上肥皂後，只要用手一抓，腐爛的髮絲隨即跟著掉落，因而，我不敢用力，僅用手指輕輕地搓著，但頭皮一經肥皂水滲透，往往讓人癢得難受。

「你他媽的沒吃飯啊？癢死了，用力抓呀！」王班長尖聲地說。

「再用力，頭髮就掉光光啦！」我誇張地提醒他說。

「掉光光也要用力抓！癢死了。」他再次地說。

然而，我能嗎？倘若用點力，的確能搔到他的癢處，但那掉落的頭髮怎麼辦，待會兒鏡中所映照的，將是一隻「臭頭雞仔」，他是否會承認剛才說過的每句話？還是把一切的過錯都歸咎於剃頭師？洗完頭，我懷著忐忑不安的心情，陪著他走回座位；心想，挨一頓臭罵絕對免不了，然而卻出乎我所預料，他並不計較頭髮斷掉多少，卻滿意白髮被燒成了黑髮，於是我極端小心地先為他吹乾，抹上薄薄的髮腊，把未斷掉的長髮，輕輕地梳來掩蓋斷掉的短髮，手掌斜托毛巾，擋住吹風機送來的熱風，而後緊壓，讓頭髮服服貼貼地貼在頭皮上，頂端則為他吹了二層波浪，也是時下最流行的「納米」髮型。我悄悄地瞄著眼前的大明鏡，目睹王班長喜悅的形色在鏡中浮動，不安的思緒頓時由我的腦中消失。

「好，老弟你的功夫要得！我想理的就是這種髮型。」理完髮後，王班長如此地誇讚我說。

相對地，我的心中也萌起一股無名的喜悅和成就感，爾後王班長真的成為我剃頭生涯中的第一個老主顧，也是剃頭師俗稱的「掐擂所」。

六個月過後，我正式出師了，但依然是半桶師仔一個，經常地狀況百出，但我依然以剃頭師小心總有不小心的時候來安慰自己，對於一些「烏肚番」的客人，也不想以客人永遠是對的來討好他們。別忘了官再大、錢再多，只要活著，只要他們想美髮，他們的頭永遠要交由剃頭師來修刮。要你低頭，你不得不低；要你左傾，你不得右斜，剃刀在你的臉上刮呀刮地，你膽敢亂動？再「狗怪」，讓你頂著馬桶蓋出去，別以為你化了錢就是大老爺，不把剃頭師放在眼裡！當然，人也必須懂得相互尊重，金錢與勞力也同在一個平衡點，萬萬不可再把剃頭歸類成一種賤業，剃頭師也應該發揮他們的頂上功夫，扮好一個服務人群的好角色，讓每位客人都能容光煥發地走出店門。

過完年，幾位曾經在台北老美人理髮廳、天美理髮廳，台南大舞台理髮廳，高雄港都理髮廳的大師傅們，都相繼地退伍歸鄉；繼而挑選來的，似乎都是一些比我還不如的半桶師仔，於是我一躍而成為「高級長官理髮部」的剃頭師，專門為上校以上的長官剃頭。坦白說，這些高官與年輕兵哥是兩種截然不同的髮型，年輕人追求新潮，趕流行，而高官們是清一色的西裝頭，少數是平頭，沒什麼重大的變化，唯一的竅門是不能馬虎，化上的時間幾乎是一般的兩倍，他們較相信「慢工出細活」，我也能洞察到他們的心；我慢慢地理，他們則耐心地等待和接受，當然總有理好的一刻。於是不多久，我已成為這間理髮部的「名師」，還得經常地提著理髮工具，到將軍的辦公室，為將軍梳理三千煩惱絲。往往，大官待人都是很和氣的，但似乎也很小氣，幫他剃了大半天頭，有時還誤了餐，只交代侍從官給小費十元，當然那時一碗肉絲麵是五元，說來十元也不算少，況且我的待遇是採月薪制，小費的金額雖不大，卻是一筆額外的收入。

我的剃頭生涯在短暫的時光就宣告結束，長官要我從軍報國才有前途，只要我報了名絕對能錄取，訓練一年後將是少尉後補軍官，一年半後升中尉，二年半後升上尉，前途無可限量，還在這裡剃什麼頭！長官的德意我是銘記在心，然而每月八百元的薪資，對貧窮的家境來說，的確是不無大補；因而，我辜負了長官的期望，但長官依然關愛有加，似乎也不願見到我，把一生美好的時光設限在一個小小的空間裡；於是他用盡方法一路拉拔，把我推向一個更高的層次，讓我人生的路途更寬廣，也讓我在這浮浮沉沉的大千世界，悟得更深的哲理，獲取無窮的知識。

轉眼，遠離這份工作已近四十年，但我依然念念不忘那段剃頭的日子，亦從未因它而引以為恥、引以為賤；反之，我以擁有這份手藝為榮。如果沒有當初的歷練，何能以此為背景，寫出短篇小說〈冤家〉以及長篇小說《秋蓮》。放眼當今文壇，又有那一位作家，能把剃頭師不欲人知的專用術語書寫在作品裡；我非自誇，或許，前無古人，當然後會有來者，但不知什麼時候。

自小貧窮的家境讓我失學，然我在這所無名的社會大學裡，似乎學到更多的東西。雖然出身卑微、學歷空白，但我並沒有因此而失格、而失志；相反地我活得很坦然、很愜意，以苦學來彌補後天的不足，用作品來填補空白的學歷。誠然未曾達到令人刮目相看的地步，亦無傲人的成績足可炫耀，迄今我仍以一顆謙卑的心，不停地努力和學習；不求名、非為利，只冀望在短暫的人生歲月裡，能披荊斬棘，不為世俗所牽絆，一步一腳印繼續向前邁進，倘若不能，勢必被這個現實的社會唾棄，徒留虛名在人間，又有何用？

剃頭這個行業，隨著社會的變遷，已逐漸地式微，以前的風光已不復存在。青少年好高騖遠、功利掛帥，誰願入門學藝，三十餘年前與它結的緣，此刻讓我感嘆萬千。俗諺云：英雄不怕出身低。雖然我不是英雄，只是現實社會中的一介平民，然我毫不掩飾地、也坦誠地把過去歷經的片段，紀錄在生命的扉頁裡，讓我緬懷那段成長的過程和失去的歲月。相較於此時，多少人刻意地遺忘過去、不談過去，用一堆虛偽又美麗的謊言來掩飾過去，不敢面對真實的人生；除了矇騙別人、也矇騙自己，惟有如此，始能凸顯出他世代的尊榮和高貴。倘若榮耀是與生俱來的，難道亦有與生俱來的貧窮和卑微？雖然我從冷浚的寒冬走來，越過險峻的高山、歷經風霜和雨雪，但並沒有迷失方向，這也是我深感安慰的地方。

一日剃頭師，並非終身剃頭人，曾經擁有的，讓我雀躍；逝去的讓我緬懷。倘若有人以低俗的眼光來分鳌職業的貴賤，是否就能凸顯出他有高尚的人格？那似乎也不儘然，只不過是有些人善於偽裝；從外表看來，是道貌岸然的紳士、是端莊婉約的淑女，暗地裡卻做些昧於良心的事。我們能怪誰呢？或許是勢利的社會、險惡的人心，以及滿口仁義道德的偽君子……。

二〇〇二年九月作品

海明兄

認識海明兄屈指一算，或許有五十餘年的光景。

那時我尚是「碧山國民學校」二年級的學生，海明兄是金沙鎮公所的獸醫，經常地看見他揹著一個裝著瓶罐、針筒、和手術刀的皮包，穿梭在村裡的豬欄和牛舍，除了替病畜看診外，也替一些不準備讓牠們當豬哥的豬仔囝去勢，俗語叫「閹豬」。然而，海明兄始終沒有用過閹豬刀，幫豬母切除「生囝腸」，讓豬母變「菜豬」，雖然他曾經為自己辯解著說：沒有足夠的力氣，來扳倒那些百來斤重的母豬；但服務豬哥，不替豬母效勞，似乎是海明兄一生的堅持，當然看診和打針是除外的。

海明兄體型中等，敦厚樸實的臉龐，加了一對奎星牙，濃眉大眼上，是一頭卷曲的髮，又配上一副人人欽羨的「狗公腰」，如果有人自稱是現時代的帥哥，想與五〇年代的海明兄相媲美，非但自不量力，也得俯首稱臣。海明兄自幼失怙，九歲時由阿嬤和姑姑帶到鼓浪嶼，就讀於阿篤仔創辦的教會學校，奠定了他日後的英文根基。時至今日，我們依然能看見、能聽見七十餘歲的海明兄，騎著一部重型機車，哼著輕快的西洋小調，愉悅地走在綠色的長廊裡。然而讓人不可思議的是他那沙啞的嗓門，卻有含磁的音色，無論是西洋歌曲或國語老歌，只要海明兄唱上口，那躍動的音符，就猶若行雲流水般地美妙，讓人百聽不厭。據說海明兄看診時，經常會碰到一些兇悍的「老豬母」，當他拿出針筒站在母豬背後時，老母豬往往有回頭想咬他的舉動，於是海明兄施展了他的長才，右手拿著針筒，左手握著掃帚，嘴中卻哼哼唱唱，對著兇悍的老母豬，唱起了洋歌，雖然鄉親聽不懂，但誰敢保證，海明兄不是對著那些兇悍的老豬母唱情歌？要不然，為什麼那些老豬母，一聽到海明兄幽美的歌聲後，竟一隻隻動也不動、乖乖地讓海明兄打上一針。

海明兄有一個賢內助，我們得叫她一聲海明嫂仔。海明嫂仔家住山后，讀過好幾年的私塾，人長得端莊、賢淑，標緻、大方，當然美麗是不在話下。那時海明兄尚在「浦山國民學校」任教，在一個偶然的機會裡，由同村的一位婦人介紹他們相識，當海明兄發現到，這個如天使般一樣美麗的影像時，就像肖豬哥似地，展開了熱烈的追求，在民風保守的金門，肖豬哥唔驚打、嘛唔驚死，海明兄開啟了自由戀愛的先鋒，這或許與他受過六年的西洋教育有關，當然為了要獲得美人心，海明兄也吃了不少苦頭，但這些不欲人知的苦果，在海明兄的內心裡，永遠是最甜蜜的回憶。如今海明兄嫂已走在人生歲月最幸福、最美滿的時光裡，他們相親相愛、相互扶持，為子女和年輕朋友，立下一個新典範。

海明兄在他三十九歲的那年，遭受到一次前所未有的挫折，有人挪用公款，卻把責任嫁禍於獸醫兼事務的他。那時是戒嚴時期，亦是白色恐怖的年代，海明兄百口莫辯，有理也講不清，就那麼莫名其妙地被押走，在一處暗無天日的窄小房間裡，由幾個北貢刑警嚴刑逼供，他嚐過被灌水的滋味，當然，如果水從口中灌下，大不了灌滿了再吐出來，然而水是從鼻孔倒灌進去的，你該吐出來呢，還是往肚裡吞？這箇中滋味，只有親沐其中的人才能體會出。而最後呢，是承認、還是不承認？承認了，在自白書按上手印，移送法辦，一生的清白蒙羞；一日不承認，又會以鱷魚夾夾住耳朵，然後導入電流，讓他承受生命中，難以承受之痛。在一陣昏迷過後，心身俱疲的海明兄，終於忍受不了如此的折磨，迷迷糊糊地讓人牽著手，按下含冤的手印，一生的清白就此斷送在那些狗腿子的手上。三十五年後的今天，當海明兄談起這件事時，他卻以一顆寬容又平常的心來面對，他不再怪罪任何人，亦不再憎恨任何人，六年的教會學校雖然把他薰陶成一位基督人，然此刻他卻相信海明嫂為他抽的籤，這是他無所遁形、不能逃避的劫數，如果不經歷這個小災難，屆時不是被匪砲擊斃，就是因其他災難而亡，這點小小的折磨，是蒼天對他一點小小的懲罰，只要能逃過這個劫數，就能平安無事。當然，海明兄是平安無事了，但在戰地政務單行法的淫威下，海明兄卻失業了，幸好他有高人一等的眼光，在高三上的那年，他進入台灣動物血清研究所當實習生，復又到屏東農校獸醫科繼續升學，在理論與實務相互印證下，終於取得獸醫師的證書，雖然不能續任公職，然此生卻與豬牛結了緣，憑著那張獸醫師的證照，海明兄依然活躍在牛舍豬欄裡，而那些在戰地政務庇蔭下的牛、羊、豬、狗們，總有一天，會讓海明兄把牠們全閹了，而且還要狠狠地補上一針才痛快！

海明兄嫂孕育子女數人，現均已成家立業，倆老蟄居在料羅村，然而海明兄幾乎天天騎著機車，回斗門老家探望鄉親鄰人，膜拜供桌上的列祖列宗，在幽靜的古厝裡，享受人生歲月最愜意的時光；每當他路過新市里，總是不忘在老兄弟的店門口停留片刻，有時哼幾句老兄弟聽不懂的洋歌、秀幾句老兄弟有聽沒有懂的洋文，有時兄弟倆則隨興來段國語老歌，路過的人說我們是「猖耶」，但我們卻擁有一顆童稚的心，雖然兩人的總和已達一百三十餘歲，但我們的兩顆心卻停留在童時的記憶裡。

海明兄生性樂觀、開朗，待人誠懇又熱忱。若依傳統的輩份來說，很多年輕朋友都該尊稱他為：「海明叔仔」或「海明伯仔」但所聽到的，似乎都是一聲聲親親切切的「海明、海明」，然而海明兄並不引以為忤，經常可見到他笑咪咪地回應他們一聲：「夭壽仔」或「填海仔」，然後與青年朋友們天南地北地聊了起來，有時也會來上兩句玩笑話，他說他擇婿的標準是「頭大面四方」當然鼻子也要大，男人鼻子大象徵什麼呢？海明兄賣起了關子，就是不告訴你，讓你們自己去猜、讓你們自己去想吧！尤其是經常碰面的「主任」和「老師」更深獲他的青睞，只是他們都晚了一步，海明兄那些漂亮的女兒們，早已是名花有主、兒女成群，一家大小樂融融地過著幸福美滿的生活，這也是海明兄深感安慰的地方。

對於政治，海明兄一向不大熱衷，任何選舉，他始終不會刻意地，去支持某位特定候選人。然而事情卻有些蹊蹺，去年的縣議員選舉，海明兄那部重型機車的油箱上，卻貼了一張某女候選人的大型海報，這張海報是以一百二十磅雪花銅版紙彩色精印，無論它的質感和色彩都是一流的，而這位女候選人呢，她有明星的架勢和美麗，也有貴夫人般的風華，她善於包裝和偽裝，簡直與小說《春花》裡的林春花有些相似，海明兄是當她的助選員、替她宣傳呢？還是迷上了她那一點？竟然跨上車，就緊緊地瞄準著一個色彩鮮艷的人形靶，不管他是有意或無意，他那門八二三砲戰，曾經風光一時的八英寸大砲，已多年沒有擦拭，火葯也因受潮而失效，生理上那座古老的時鐘，正停留在中原標準時間的六點半裡，而他那些夭壽仔和填海仔朋友，卻是「頭殼壞去」竟然想到那些「袂見笑」的事。海明兄微嘆了一口氣，唉地一聲說：「實在真見笑」！但我們也清晰地看到，海明兄的唇角，有一絲甜蜜和愉悅的笑容，這也是人性內心極其自然的反應，只要海明兄爽就好，他那些夭壽仔和填海仔朋友，又何必替古人擔憂。

七十五高齡的海明兄，依然保有一顆童稚的心，他一生沒有不良的嗜好，僅僅愛說笑，然而他說笑也有一個原則，素而帶葷，葷而不黃，在女士面前則是中規中矩，從不逾越應守的分際，展現出一個老男人的風範。當然和我們這些夭壽仔、填海仔朋友在一起是不一樣的，我們笑他年輕時吃多了「豬仔脬」食老變成了老豬哥，他哈哈大笑，把兩個奎星牙，在轉瞬間，笑成了一對豬哥犽。坦白說，海明兄是一個很好逗陣的朋友，他沒有心機，也不佔人便宜，每天快快樂樂地徜徉在山林原野，唱唱洋歌、哼哼小調，像極了神仙，更像是一個充滿著活力和智慧的老頑童。因而，人人都想親近他，人人都想從他身上，汲取一些經驗來彌補自身的不足，當然海明兄是樂意傳授的，他經常帶著那把鋒利的「閹豬刀」，時時刻刻毋忘要閹掉那些：醜陋虛偽的政客、腐化的社會敗類、無恥的貪官污吏，而後再把那些豬仔全閹了，讓牠們永遠成不了眾豬羨慕的豬哥！至於閹下的豬仔脬呢，海明兄自有盤算，他那些夭壽仔和填海仔朋友，人人有份，吃過後，保證都能像海明兄一樣，變成一隻粗勇的老豬哥！

海明兄在三十九歲那年逃過一劫。事隔二十年的五十九歲，惹了一點小麻煩，又逃過了一個劫數。二十年後的七十九歲，很快就要到來，他有些憂心，不知能不能平安地渡過。坦白說，海明兄是多慮了，君不見他天庭飽滿、人中長，福耳、壽毛、獅子鼻，這不就是長壽的象徵嗎？有福的人，總會逃過那些劫數的，況且，年輕時吃過無數豬仔脬的海明兄，據《醫宗金鑑》記載，吃豬仔脬能長命百壽，若依此理論斷，海明兄鐵定是一個老長壽！讓我們同聲高呼：

海明兄，萬歲、萬歲、萬萬歲！

但也冀望海明兄，不要高興太早，有人喊了一輩子萬歲、萬歲、萬萬歲的口號，最後還是萬不了歲。當然我們也不能一概而論，說不定吃過豬仔脬的海明兄，真的萬歲！

今天，夕陽即將染紅天邊的時刻，海明兄在回料羅的途中又路過新市里，他一聲聲親切的夭壽仔和填海仔讓我們欣喜異常，也感到窩心，朋友們把他團團圍住，圍住一個滿頭滿腦充滿著智慧的老頑童。他哼了一段洋歌，秀了幾句洋文，又來上莎喲哪拉和再見，林主任央求葉老師為他捕捉一個美的鏡頭，好為浯鄉的文史，留下一頁新紀錄。

祝福你了，海明兄：願你健康、快樂、幸福又長壽，但不必萬歲！

二〇〇二年六月作品

落日餘暉

端節前夕的一個清晨，當我睜開惺忪的睡眼，昏沉的頭腦正隨著臥室裡的傢俱，上上下下、起起伏伏，一波又一波不停地翻轉和暈眩。我的意識雖然很清醒，也試圖用手支撐著笨重的身軀坐起來，然而我的嘗試是失敗的，當我勉強坐起時，嘔地一聲後又倒了下去，一切已由不得自己來掌握。於是，我放平了手、伸直了腿，而後微閉著眼，心想：今天鐵定是起不了床了，原以為年輕時隨著父親從事農耕，鍛練出一副硬朗的身體，現在還很粗勇，想不到此刻卻像一隻垂死的病貓奄奄一息。當我再屈指一算，卻也教人感嘆，原來此時已是我生命中的黃昏時刻，怎能再提當年勇、怎能誤以為是日正當中的壯年時。

平日遇有不適，總是央請太太到西藥房就近買顆成藥，止痛也好、消炎也罷，先服了再說，的確幾年來，縣立醫院尚無我掛號求診的記錄。然而此次真不行了，朋友阿財哥得知詳情後趕緊到醫院為我掛了號，摯友黃裔也把車子開來，他倆合力攙扶我下樓，而我雙腿無力站不穩，頭昏目眩想嘔吐，原本瘦弱的身軀正遭受病魔一口一口地吞噬和侵襲。在太太和朋友的攙扶下，我不得不走進一個白色的長廊裡，巧而家醫科看診的是我表姐的孩子黃逸萍醫師，他出生在一個書香世家，醫學院畢業後又繼續到台大深造，獲得碩士學位後始返鄉服務，是一位學有專精的醫界菁英；他待人誠懇、重倫理，當我這位「破病老伙仔」，出現在他面前時，他立即從椅上站起，和顏悅色又關心地問：

「阿舅，您那裡不舒服啦？」

「頭暈、想吐。」我強裝笑臉，低聲又無力地說。

對於我的癥狀，身旁的太太也做了一些補充。

他請護士小姐先為我量血壓，又重複問了幾個問題，似乎也發覺到他這位阿舅病情不輕，於是他提議先到急診室打點滴，然後再做觀察。

在昏睡中打完一瓶點滴，我依然處在一個暈眩又想吐的病境中，他們合力把我推向幽暗的電梯間，而後進入三樓一個白色的房間裡，這也是我此生第一次住院，果真是為了想走更長的路而來到這個幽靜的地方休息？我內心裡衍生出這個莫名其妙的問題。不，或許是我貪生又怕死，承受不了病魔的折磨，想在這裡圖一個清靜，藉著藥物來延續逐漸枯萎的生命？不，或許我不能有如此的思維，眾家正為我的病情而焦慮呢，我何能一走了之，求取自身的安寧；況且這裡有我的外甥醫師可關照，雖然他不能時時刻刻地陪著我，但其他醫師都是他的同事，相信他會為我打聲招呼的，至少總能看見一張親切的笑臉吧！其他我並不奢望什麼，一旦病情好轉，立即打道回府，這裡並沒有值得我留戀的地方，倘若說有，那便是夕陽西下時窗外那抹美麗的彩霞。

經過打針、服藥和休息，雖然暈眩依舊，但已減輕了許多，值得慶幸的是已不再嘔吐，值班的醫師囑咐我，能坐起時要坐起，儘管高懸床邊的點滴針頭尚深插在我的血管中，在太太的攙扶下，我忍受著昏沉的腦部，斜靠在床上，面對著白色的牆壁，卻無懼於死亡，如果能在一陣暈眩中與世長辭，那何嚐不是美事一樁，為什麼要在這個充滿著藥水味的房間裡休息，方能在這條滿佈著荊棘的人生大道上走更長的路？雖然我尚有許許多多的心願未了，當然那絕對不是庸俗的加冠和晉祿，添丁和發財。我心中欲傾訴著尚有萬千，然它必須透過我逐漸退化的腦力來思考，方能記錄在生命的扉頁裡。輟筆二十餘年，無情的光陰已奪走了我燦爛的人生歲月和青春年華，因而，在我復出的七年中，我相繼出版了八本書，深恐心中的陽光在心願未了時西沉，於是趁著黃昏來到，落日尚未沉沒的時刻，趕上這段旅程，為我慚愧的一生，留下一些回憶。

白色的門外響起一陣小小的騷動聲，首先踏進門來的是縣長李炷烽，他握住我的手，遞給我一個裝著端節慰問金的信封。

「好好休息，祝你早日康復！」而後低聲又親切地說：「剛看完你的《冬嬌姨》，什麼時候出書？」

「謝謝您的關心，」我由衷地說，「冬嬌姨出書後，第一本就送給縣長。」

雖然與縣長是舊識，他也是第一位出身教育界，經過多數民意洗禮的文人縣長；在百忙中，他時時刻刻毋忘這片土地和生靈，培養本土作家更是他的重點指示之一，然而他並非說說而已，而是身體力行，又有那一位政治人物會去關心被譏為「報屁股」的副刊版面，而他竟在百忙中，從副刊上瀏覽著我的作品，親切地談起了《冬嬌姨》，身為作者的我，想不感動也難。我始終沒有忘記，前年五月，「金門縣寫作協會」「讀書會」，在文化中心為我舉辦的《失去的春天》研討會，時任立法委員的李縣長，曾撥冗參加，在會中專心聆聽作者和讀者間的對話，直到研討結束後，始以來賓的身分，提出諸多的期勉和鼓勵，其間並沒有因為讀者與作者間，有不同的論點而產生高分貝的激辯，有所厭煩，充分展現出一位政治家高尚的情操，以及文人學者的風範。在他當選縣長不久，有一晚因公而路過新市里，曾蒞臨寒舍閒聊片刻，那時在場的尚有作家黃振良，對於他倡導的文化立縣，以及培養本土作家的指示，我們都十分地認同。我也直言不諱地以去年的詩酒節做譬喻，不可否認地，主辦單位邀請的都是國內知名的作家和詩人，那天活動結束後，二十餘位作家、詩人朋友相繼來到新市里，探望我這隻生活在文化沙漠地帶的「老猴」，我也就近找來老友黃振良，兩人陪同他們聊聊天，然後再請他們喝杯小酒，以盡地主之誼。或許我的一杯小酒遠勝主辦單位招待他們的大魚大肉，在主客盡興的時候，有人說了良心話：「詩酒節是你們金門地區一項重大的活動，獨不見地區的作家和詩人來參與……。」此語一出，隨即得到許多人的附和，不管是作家也好、詩人也罷，他們的感受是相同的。而轟轟烈烈的詩酒節過去了，主辦單位花掉多少人民的血汗錢，最後得到的是什麼？為我們金門留下了什麼？這是一個值得我們深思和檢討的問題！我也當場向縣長提出建言，但願爾後的詩酒節，能邀請本土的詩人、作家、藝術家共同來參與。

雖然我的言詞激動了一點，但我深信縣長是能理解我當時的心境。我們愛鄉愛土的心志雷同，時時刻刻沒有忘記這片曾經被無情砲火摧殘過的土地，此時雖已清平，但並非永恆的安逸，舊有的傷痕依然在心中長存……。

縣長匆匆地又轉到其他病房，我的外甥黃逸萍醫師走了進來，我告訴他說：「我的頭不暈了，下午就辦理出院回家。」他見我一副泰然自若狀，以他的專業來判斷，也就欣然答應。我適時又補充了一句玩笑話：「拿到縣長的紅包病就好。」大家都笑了。然而我的病真好了嗎，答案卻是否定的，回家的第二天我又倒下了，依然是暈眩症，我的總經理太太開始懷疑，是不是文章寫多了，用腦過度而造成的後遺症；當我換另一家醫院看診時，她就不斷地用這個議題來提醒醫師，然而醫師卻不敢肯定地答是或不是，只婉轉地說：不一定，讓我也放了心。倘若醫師說：是，或許我的文學生命勢必因此而宣告結束，我的名和姓也將從讀者的記憶中慢慢地消失，這是一個文學創作者最不願見到的一件事。

限於診療儀器之不足，黃逸萍醫師為我這位破病阿舅辦了轉診手續，但我始終沒有想到大醫院做進一步檢查的意願，然而大女兒已幫我在榮總掛了號，也訂好了機票，三女兒也專程請假回來替代我日常的工作，太太也辦好了休假手續準備陪我去，倘若我再推三阻四，似乎也不近人情，最終必被歸類成「狗怪和賭鱉」，一旦真患了什麼嚴重的病症而延醫，那可真是罪有應得、死有餘辜。於是我不再堅持什麼，默默地跟著太太走，走在一個全然陌生的土地上；當然，我也是異鄉城市裡的陌生客，以及這個多元社會裡的老頑固，我未曾使用過提款卡和信用卡，在捷運車站的自動售票機前，學習著紙鈔換鎳幣，觀望著如何插卡和通關，最後依然得靠太太的指引，方能抵達終點；說來可笑，這就是我的人生歲月！

每一位醫師對相同的病情，往往會有不一樣的看法和診斷，或許誰能找出病源對症下藥，讓病人早日康復，誰就是名醫；儘管有人會持不同的看法，至少我的感受是如此的，這與醫院的大小，與醫師的大牌小牌似乎沒有什麼關聯，因為他們都是擁有醫師證照的合格醫師，倘若說真有差別，那便是個人經驗的累積以及醫學新知識的汲取和鑽研，當然各項精密的儀器是否齊全，它也關係到整個醫療體系的水準。

醫師詢問我好些問題，又當場測試幾個動作，我也順機請教他，是否因過多的思索而影響到腦部，造成此次的暈眩？他告訴我說：兩者無關，動腦比不動好，但不能過於勞累。他開給我十四天的藥劑量，說了一句：吃完後病就好。當然，我是相信的，只因為他告訴我暈眩與創作無關，動腦比不動好，一切病症都是因工作上的勞累所引起的，然而為了走更長的路，我是否該休息呢？還是自尋短路讓病魔繼續纏身？

在太太深情的陪伴下，我又做了一次健康檢查，結果是令人滿意的。但醫師也適時地提醒：人一到老年，一切慢性病隨時有纏身的可能，要保持理想體重；低油、低鹽、低膽固醇飲食。少煙、少酒、少動怒。多食用富含纖維質的食物。避免過勞，適度運動，促進新陳代謝功能。雖然帶著醫師的叮嚀回來，也遵照醫師的指示按時服藥，但我的精神狀況一直處在一個低潮期，倘若能一覺不醒，那是我唯一的企盼，也是我真正得到解脫和休息的時候；然而空有的美夢難成真，短暫的休息後，我必須回歸到這個社會，為五斗米折腰，為尚未完成的心願絞盡腦汁，其他的或許是空談吧。

若依醫學理論而言，勞動和運動是有很大差距的，但我一直沒有把它們釐清，總認為每天不眠不休地工作便是最好的運動，其實它是用勞力在做工，並非以健身為目的。或許我是因過勞而引起的暈眩，如此地臆測不是毫無理由的，因為迄今醫師尚未查出我真正的病因，只是依據他們的專業經驗開具藥方，暫時來改善我的體質，減少我的病痛。對於日常的工作，我開始有些厭煩，每天無精打采、有氣無力地；我是否在一夕間變了，成為一個「無撓路用」的人？朋友勸我多休息，我的大腦隨即反應出：休息，果真是為了走更長的路？近六十年的人生歲月，酸甜苦辣我已嚐盡，何曾想過要走更長的路？倘若說有，那便是我心中的夕陽尚未西下，只想多看一眼落日的餘暉……。

二〇〇二年八月作品

晨露與朝陽

多年來未曾早起過，倘若說有那也是因工作的使然。

病後我聽從醫師的建議，早睡而後早起，到戶外散散步，吸吸新鮮的空氣，活動、活動一下緊繃的筋骨，做一些不必費神的運動。那時天微亮，黃海路的路燈尚未熄滅，四處一片寂靜，只偶而地有野狗的追逐聲在耳旁繚繞；我與太太穿過筆直的水泥路，走進學校一條短短的綠色長廊，雙旁是高大挺拔的南洋杉，橫生出雜亂無章的枝椏，幾乎阻檔了兩邊屋宇的視線。經常地我們會頓足停滯，瀏覽一下滿地沾著露水的枯枝和落葉，雖然品不出它的美感，但新芽、綠葉、枯枝，卻是自然的產物，它隨著季節的變化而衍生，與人類的生死輪迴並無兩樣。

花圃的園籬旁，豎立著幾幅孩童的畢業美展的傑作，它似乎是集體創作的造形作品，鮮艷的色彩彷彿是一顆顆純潔的赤子心，不定形的圖案或許該稱它為「普普藝術」吧，我們不得不佩服孩子們的想像力，和創作精神。然而孩子們已畢業離校，他們將尋求一個更大的揮灑空間，往後創作的，必然不是這些純真的作品，而是隨著歲月的成長，創作出更新穎、更成熟的佳作，樹立出一個源於傳統、傲視現代的風格，孩子們，衷心地祝福你們了！

我們緩緩地起步，轉彎處是一棵低矮的古榕，主幹下方有三塊巨石，那是人們刻意地搬來的，惟恐它的主幹支撐不住茂盛的枝葉，用這三塊巨石來鎮壓，以防止它傾斜；實際上他們是多慮了，它的根早已深植在這方堅硬的泥土裡，勢必能承受疾風和驟雨，這三塊多餘的巨石，非但不能顯現出它的英姿，反而破壞了它自然的美感。我們順手輕輕地撥弄著它的枝椏，一顆顆晶瑩剔透的露珠，隨即在它綠色的葉片上蠕動、滾落，長長的鬚根同時滴下一串串的小水珠，這是晨露的凝聚，並非是春雨的滋潤，一旦旭日東昇，葉上的露水很快就乾枯，翠綠的葉脈更能展現出它堅韌頑強的生命力，和絕世的風華。

左邊的小廣場早已棲聚著好些人，似乎大部份都是中年婦女，她們正隨著音樂的節拍，中規中矩地舞動著，我的太太告訴我說：她們跳的是「元極舞」，是一種有益於健康的舞蹈。然而對音樂和舞蹈我是沒有任何概念的，儘管它有益於健康，但只要是隨著音樂起舞的，我實在是沒有餘興來學習它，眼見她們跳得十分起勁和投入，倒也非常欽羨她們那種好學不倦的精神。是的，為了健康，為了能在這個美麗的人間世多活幾年，她們必須扭動著笨重的身軀，放下身段，放鬆緊繃的神經，盡情地跳吧、舞吧；跳出一個多采多姿的人生歲月，舞出一個健康、幸福、壯碩的體魄！

右邊是至聖先師的塑像，幾株矮小的龍柏圍繞在它的四週，大理石切成的基座，象徵著神聖和壯嚴，幾位婦人在水泥舖成的地面上做著柔軟操，時而霹靂扒啦地拍打著自己的身軀，從肩到背、從腿到臀、從上到下、從左到右，霹靂扒啦的響聲震耳，她們練的據說叫著「拍打功」，或許，每人都有一套健身的方法，不管是出自名師的指導，或是無師自通，其最終目的都是為了強身，為了多看一次日出，為了多看一眼夕陽紅。

往前走了幾步，路邊是高大挺拔的白千層，它開著淡綠而毛絨絨的花朵，或許是太高了，幾乎聞不到它花開時撲鼻的清香；斑剝的主幹，是否真有千層，我們非林業專家，也不能真剝下它的皮來求證，它的主幹沒有尤加利樹的光滑，亦沒有細葉南洋杉的粗壯，然而我卻十分地欣賞它那份斑剝殘缺的美，倘若加以放大，那真像是一幅抽象畫，只是現時代的人們，追求的是一時的感官享受，每天從它身旁走過的何止百人，又有誰願以一顆誠摯的心來欣賞它們呢？如果說有，或許是在它的樹陰下乘涼，順手撕下它們斑剝的皮，而後往地上一甩，再用腳一踩，這就是善良人類的醜惡德性。

走上一個小小的坡道，我們穿過不鏽鋼欄干刻意留下的通道，紅色跑道的右端，有一位退休老師蹲著馬步，時而運氣、時而吐氣，聽說他練的是「太極導引」，對於中國的拳術和劍法，我們都是門外漢，當然也無心來向他討教，只是好奇而多看了一眼，並不會因此而打擾到他。幾個招式下來後，他的臉頰紅潤，額頭冒汗，是否真發了功、通了氣，看他那虎虎生風的架勢，若非沒有三兩三，至少也歷經過一段時間的苦練，始有如此驚人的功力。然而我們的心不在此，他一轉身，我們也緩緩地移動腳步，我的雙手情不自禁地比劃了一個拳譜裡面找不到的招式，太太笑了，這何嘗不是自娛娛人。

我們漫不經心地走在紅色的跑道上，中間是一片翠綠的草坪，它們是人工從山林野地裡移植過來的，因而它的種類很多，從俗稱的青草仔、苦螺根、土香到薄荷、豬母菜、山土豆，大概有數十種之多吧，而此時朝陽尚未昇起，晶瑩的露珠滿佈在它們的葉脈上，心中也同時萌起一股盎然的綠意，我們只在它的邊緣上觀賞、瀏覽，始終不忍心走上草坪踐踏它。然而幾隻野狗早已在這片青蒼翠綠的草原上追逐和翻滾，留下不少踐踏過後的痕跡，或許，以它們頑強的生命力，不下三兩天必可恢復原狀。說來可笑，似乎沒人想過要把這群野狗趕走，任由牠們在這片草地上逍遙，如果我沒猜錯，人是怕狗的，盡量不去招惹牠們，免得到時被咬上一口，那才糟呢；尤其這個世界，到處都充滿著會咬人的野狗，我們稱牠為「肖狗」，當然牠的種類很多，最可怕的莫過於咬人不見血的「政治肖狗」。

靠西的圍籬旁，是眾樹中最沒有美感的木麻黃，一棵鳳凰樹夾在它的中間成長，幾朵遲開的鳳凰花，在它的蔭影下綻放。我們看見在樹上跳躍的「望冬鳥仔」以及低聲歡唱的「匹羅哥」。更高的枝椏上有咕咕 咕、咕咕 咕的聲音響起，那鐵定是「加追」的聲音；而那些嬌小的「乞鳥仔」卻整齊地排列在高壓電線上觀望，俟機飛下來覓食，這是一個多麼美的清晨，這是一個多麼怡人的景緻，如果沒有這場病，似乎未曾想過要到這兒漫步，我也不可能徜徉在這片綠色的大地裡。

我們在這方紅色的跑道上，連續走了好幾圈，微風輕輕地吹在我們的臉上，帶來一陣陣清涼意，天上的雲層亦由烏黑轉為銀白，雖然不能見到地平線上的日出，但朝陽已從東方綠色的叢林中冉冉地昇起，首先映照在操場頂端廢棄的軍用碉堡上，而後是那片茂盛的相思林；一瞬間，西邊的草坪已是一地燦爛的金光，我們站在湖光台前，沐浴在它柔情的懷抱裡。伸展一下懶腰，甩了幾下手，依附在葉脈上的露珠已被朝陽所吞噬，古榕的鬚根也不見露水滴下，樟樹的葉片迎風飄動，彷若一隻隻綠色的蝴蝶在飛舞，溫煦的嬌陽也把沈睡中的扶桑喚醒，嫣紅的花朵點綴在綠色的枝椏上，讓這方幽雅的景緻更嫵媚、更嬌艷。

大地已在金色的陽光下全然地甦醒，涼爽的秋風尚在遠處徘徊，炎熱的夏末讓人汗流浹背，元極舞的節奏已停止，土風舞的舞者在原地休息，太極導引的老師已終止了下一個招式，拍打功的婦人早已手軟；懷著愉悅的心情，吸著新鮮的空氣，我們緩緩地，走在滿佈金光的來時路……。

二〇〇二年九月作品

轉眼冬天到

詩人，此刻是時序寒露過後的霜降，昨夜一場風雨，窗外落葉滿地，帶來一陣沁人心脾的寒意。秋，就這麼悄悄地從雨後的暮色中失去了它的蹤影，轉眼冬天到。

從你的言談中，你對我的散文〈剃頭師〉提出了異樣的解讀和看法，認為我是自曝其短，把十六、七歲，四十年餘前的陳年往事搬上桌來書寫。詩人，謝謝你感人肺腑的坦言和善意的批評，然你的操心卻是多餘的。是否你擁有傲人的高學歷，在官場和文壇兩得意，自幼富裕的家境又把你孕育成一個現實社會裡的上等人，始有如此庸俗的想法。然而在我的思維裡，它卻是我人生旅途中一個不可多得的歷練。因而，我勇於誠實面對，面對一個處處是美麗謊言的社會，以及一張蜜糖般的嘴臉。或許，出身卑微者不一定會有高尚的品格，但他們卻勇於吐真言說實話，這也是身為萬物之靈的人類最可貴的地方，倘若讓美麗的謊言掩飾人性的醜陋，那將是時代的悲劇，這一代人的不幸！詩人你焉有不知之理，怎能說我是白曝其短呢？

你在一個書香世家成長，有快樂的童年和夢想，而我生長在一個窮鄉僻壤的小農村。

撿柴摘野菜、放牧牛羊是我的童年，而什麼是我的夢想呢？或許是長大種田吧，讀書簡直是一個奢侈又遙不可及的夢。後來雖然上學讀書了，從第一冊的「來來來，來上學。去去去，去遊戲。」到第三冊的「做豆腐，真辛苦，半夜起來磨，磨好還要煮。」以及「日曆日曆，一天撕去一頁，使我心裡著急。」讀起。我們的校舍是先前的「睿友學校」中間是大禮堂，兩邊是教室，校長和二位老師包下一至六年級所有的課程。一間教室分成二半用，禮堂也成了教室，同時容納兩個不同年級的學生上課。老師在一邊授課，另一邊的學生則是自習，如此地交叉輪流。一、二年級時，我們是一遍遍跟著老師唸國語課文，隔天則須一個個站在老師面前背誦，倘若背不出來，就乖乖地伸出手，嚐嚐老師賞的「竹甲魚」吧，其他並沒有什麼作業可言。詩人，你生長在一個不一樣的年代，又趕上九年國民義務教育的列車，有優良的師資和設備，受的是完整的學校教育，而我是在炮火煙硝下，斷斷續續讀完六年小學，課餘還必須幫助家人做些輕便的家事和農事。

春晨，在母親高聲的呼喊下醒來，揉著惺忪的睡眼，趁著春陽尚未上昇的時刻，我得趕緊帶著「狗耙仔」，拿著鐵罐子，沿著小溪畔或地勢較低的田埂，尋找蚯蚓鬆動過的土窩。「蚯蚓」我們也稱它為「土蚓」，我用狗耙仔輕輕地挖動著褐色的泥土，憑著經驗，很快地就挖滿一罐口吐白沫不停地蠕動的土蚓。誠然蚯蚓能挖地成洞使土壤疏鬆，有益於農作物，但卻是家禽鴨子的最愛，鴨子一旦吃了它，比吃五穀雜糧長得更快速、更肥壯。

似乎笨鴨子亦有聰明的時刻，每當我回到家門前的芭樂樹下，把蚯蚓倒落在地上，成群的鴨子莫不展翅快速地奔來，隻隻狼吞虎嚥，搶成一團。有時竟然也會有幾隻老母雞走來湊熱鬧，但它們只是把蚯蚓含在嘴裡左右晃動，不能像扁嘴鴨一口把它吞下肚。在一陣追逐後，老母雞不得不吐出含在嘴裡的那條長蟲，只見鴨子長頸一伸，長長的蚯蚓已沉沒在它的嘴裡，而後咕嚕咕嚕喝了幾口水，又拉了一把屎，才緩緩地走回鴨群。詩人，這就是我記憶中，一段讓人難於忘懷的春晨，你可曾歷經過？

夏天，我們會頂著烈日，到那片青蒼翠綠的「臭青仔」田捉「金龜」，經常地被它那墨綠色的糞便沾滿一手，這或許是它唯一的防衛武器，它既不會飛走，也沒有其他的動作可反坑，任由人們輕易地捉放。不一會，我們已捉滿一紙盒不停地在盒內掙扎和蠕動的金龜，帶回家讓雞鴨共享。有時，我們會挑選一隻較大的金龜，把它的肛門放在地上磨擦，口中還一遍遍唸著：「金龜啐屎盎，會吃袂放。金龜啐屎甕，會吃袂放。」果真它竟然不再那麼輕易地拉屎，然後用線綁住它的腳，再拉住線的另一端，輕輕地旋轉，不一會，金龜就嗡嗡地在線的範圍內旋轉飛翔，這就叫「金龜蛾」。詩人，你記憶中的童年可曾有如此的景象？或許金龜在你的記憶裡是模糊不清的，勢必沒有玩過「金龜蛾」這種遊戲吧。或許，只有生長在鄉村的孩子，才能享受到這番樂趣。

經常地在夏日的午後，我們會到「水尾宮仔」旁的池塘裡，脫光衣服下水洗澡，下體露出一隻嬌小可愛又未見世面的小小鳥，但似乎也不會感到「見笑」，有時也順機摸摸田螺。鄉下孩子整個冬季不洗澡是常有的事，脖子上、耳朵旁經常佈滿著一層污垢，彷彿是生了一層鐵鏽，我們姑且說它是「生鏽」吧。趁著炎熱的夏日，在水裡浸泡過後，再用力地搓揉，直到把那些「鏽」搓洗乾淨為止。繼而我們也會以「打泵澎」的方式學習游泳，而後游到岸邊，放一個臉盆在水中浮動，再俯下身，雙手不停地在水草底下摸索；不一會，臉盆裡已有幾十顆大小不一的田螺在滾動，然而當我們玩夠了上了岸，又會一顆顆把它丟回塘裡，讓平靜的水面濺起一朵朵水花。詩人，此刻我面對的是無情的人生歲月，然它卻能撩起我童時的回憶，讓我的思維快速地進入舊有時光的深邃裡。

詩人，我知道你吃過「油條」；但我敢肯定，你此生絕對沒有賣過「油炸粿」。那年秋天，母親為我準備了一個臉盆，剪了一塊經過洗滌過的舊白布，給我十元做本錢，向村裡開小舖兼炸油條的德勝伯仔批了二十四條油條。爾時一條油條賣五角，二十四條的成本是十塊錢，全部賣完可賺二元。德勝伯仔把剛炸好的油條井然有序地為我放在臉盆裡，我把那塊老舊的白布覆蓋在上面，沿著村裡大小角落喊著：「油炸粿，賣油炸粿耶」，起初喊起來感到怪怪的，試過幾聲後，自己也感到悅耳多了。我也順勢把「賣」和「耶」字拉長了聲音，成了「油炸粿，賣——油炸粿耶——」。當然在自己的村落裡，誰家窮、誰家富，誰家捨得買，誰家較節儉，經過幾次後，也摸得清清楚楚。走過富家門口，雖然喊得較大聲，但他們並非每天都買。有時在自己的村莊賣不完時，我也會轉到鄰村的「東珩」或「東店」碰碰運氣。

「油炸粿，賣——油炸粿耶——」。有些時，儘管我走遍村裡的大小角落，以及鄰近的村落，不停地高聲喊著「油炸粿，賣——油炸粿耶——」，還是會有賣不完的時候。臉盆裡剩個一兩條，當然亦有三四條，涼涼軟軟的油炸粿。回到家難免會心酸酸，母親總會安慰我幾句，而後拿起一條讓人挑剩的油炸粿，用剪刀剪成一小節、一小節，放在碗裡讓我沾著「豆豉湯」當佐餐。詩人，或許你沒有嚐過「安脯糊」配「油炸粿」沾「豆豉湯」的美味吧。那時一條「油炸粿」可以讓我配上三碗「安脯糊」而不覺得飽。你生長在商業鼎盛的城鎮裡，依你富裕的家境和生活條件，諒必，你們是「油炸粿」配「粥糜」或「豆奶」吧，「安脯糊」對你來說也是全然陌生的。當然，我們的記憶裡也浮現不出「粥糜」裡的「蔥頭油」和「胡椒粉」香。的確你們是幸福的一代，但也是最易迷失的一代。而我們從苦難中一路走來，雖然已成為這個現實社會裡的邊緣人，卻還存在著一絲兒傻傻的戇勁，以及幾根不易折斷的老骨頭。詩人，你膽敢說一句：「不是」！

一個酷寒的冬日，父親捲著褲管從菜園裡拔回一梱蔥。蔥必須頭小管長尾端又沒有枯葉，才能在市場賣到好價錢。而父親拔回來的蔥卻恰恰相反，大頭短尾又枯黃，一旦進了市場絕對沒有行情。於是母親出了主意，何不用這些蔥再買些麵粉和海蚵，配上自家種的高麗菜來炸「炸粿」，並由我去販賣。那時恰逢學校放寒假，母親把蔥和高麗菜切得細細的，然後和在一起，再把麵粉混合著水打成了麵漿，用一支微凹如手心大的鐵杓，塗上麵漿做底，放進蔥、高麗菜和海蚵做餡，頂上再塗上一層麵漿，再放進熱滾滾的油鍋裡炸，俟底部脫離了鐵杓，再用竹筷上下翻滾，略等表面微黃時再撈起，經過如此一道道的手續，便成為一塊塊香噴噴的「炸粿」。母親把炸好的「炸粿」放在一個鋁製的容器裡，蓋上蓋子。我右手提著炸粿，左手拿著一個矮小的醬油瓶，瓶蓋用鐵釘打了一個小洞，客人如嫌太淡，隨時可在炸粿上洒點醬油。於是，我開始以賣「油炸粿」的經驗和方式到處叫喊：「燒炸粿，賣燒耶炸粿。燒炸粿，賣燒耶炸粿！」。因為是寒假，賣炸粿的時間可以不設限，賣油炸粿則必須在早上，而且賣完後還要趕著上學。

幾乎每次我都能把帶出去的炸粿賣完，甚至一天可賣兩次，除了本地與鄰村，我也深入到駐軍陣地的外圍。有一次竟然跟著排副到一處樹林裡，只見那片隱蔽的相思林，聚著兩組北貢兵，地上鋪著一張畫著格子的紙，裡面寫著0、1、2，旁邊有一袋鈕扣，一個磁碗，一支前端微彎的竹棒子，只見一個大塊頭的老兵，從袋子裡抓了一把鈕扣，隨即用碗蓋上，口中急速地唸著：「下注，下注，快下注！」不一會，眾人都伸出手，把錢壓在不同的號碼上，他則掀開碗，用竹棒子每三個一組往自已身邊撥，到最後倘若鈕扣剩下二個，那麼就是壓二號者中，我也很快就意識到，他們是在賭博，也是我們俗話裡的「拔繳」。在這個克難賭場裡，我很快地就把近三十塊炸粿賣完，往後的一段日子裡，很多老北貢都成了我賣炸粿的最大主雇，有時他們贏了錢，竟然會買我的炸粿請我吃。詩人，我的賣炸粿生涯隨著開學而暫時的結束，但早上卻依然賣著油炸粿，所賺的錢雖然不能讓貧窮的家境一夕間變成富裕，但多少能貼補點家用，這也是我小小的年紀，唯一能幫助家庭做的一點事，更是我童年生活中一段最快樂的回憶。詩人，這是否也叫自曝其短呢？迄今我依然慶幸有一個這麼多采多姿的童年，依然懷念在我失學後從事的每一項工作，我非但不引以為忤，它更是我往後從事文學創作，唯一不可或缺的原動力；也惟有從真實的生活中，才能豐盈我們心靈的內涵，啟發我們的心智，好讓我們更深一層去體會：生命的真諦、生存的意義！倘若活在一個虛幻的夢境裡，不重實際，一切只看事物的表徵，夢想一個美麗的新世界，果真要如此，方能稱它為完美的人生？我是百分之百感到疑惑。

詩人，真理雖是愈辯愈明，但人卻喜歡模糊它的焦點，我們把時間耗在這些無謂的辯論上，似乎沒有什麼特殊的意義。童年歲月已從我的指隙間溜走，留下一張滿佈滄桑的臉，一副即將被腐蝕的身軀，何不趁著黃昏來到落日尚未西沉的時刻，繼續尚未完成的篇章。而你在詩集《幸福》出版後，即未曾見到你的詩心在躍動，果真你的詩魂已被那位小婦人所佔有，再也鋪陳不出那些華麗的辭藻？曾經你說過，你的腦中經常有她的身影在蠕動、在游移，是否你的詩魂也被她的心所束縛，竟連一行簡單的俳句也書寫不出來，徒留夢幻般的幸福又有何用。倘若繼續沉迷於虛擬的情愛上，你頂上的桂冠勢必要被摘下，任誰也沒有能力重新為你來打造，這是一個極其現實的問題。想當初我們同在這一片荒蕪的草原上耕耘，你大言不慚地說：寫詩的人最懂得愛女人。正因為你有豐富的感情和歷練，寫出了許多感人肺腑的詩篇；而此時，你竟然不計毀譽，夢想牽住一雙足可讓你身敗名裂、走向死亡之路的白皙小手，這對你來說何嘗不是一種反諷，我們應該把它更改為：寫詩的人最懂得亂愛人。君不覺得，世上只有詩人最浪漫。

今晨我打從黃海路走過，冷冽的寒風刺骨，咻咻的風聲在耳旁繚繞，這或許是入冬以來的第一波寒流，身在南國的你，心中是否也會感染到這份寒意？在秋去冬來時序快速轉換的季節裡，我們是否該回歸到舊有的時光，掙脫一切無謂的束縛，喚醒沈睡中的詩心和詩魂，讓它們再次互動和生輝，並以嶄新的面貌和風格，向詩壇的最高峰邁進。倘若你依然停滯在《幸福》的深淵裡而不能自拔，明年的春花將不會因你而綻放，我們辛勤耕耘的那片草原必將失去它的光彩，甚至枯萎而死亡。詩人，不可否認地，人有時會失衡於一念之間，當你悟得真理再回頭，或許已是遍體鱗傷，何不趁著理性尚未泯滅的時刻，從黑暗的地窟裡勇敢地爬起來，讓燦爛的陽光曬乾你即將沉淪的翅膀，向詩的最高意境漫溯。

若純以詩的論點和賞析的角度來說，《幸福》乙書並不能做為你此時的代表作。只不過是詩的意象裡多了一份飄渺晦澀又不實際的感情而已，如果能把這些撇開，以你貫用的語言融入誠摯的情感來表達，更能顯現出不同的內涵和意境，讓詩質向上提昇，免於流入空洞，這才是一位現時代詩人所欲追求的。雖然我不是詩評家亦非詩人，然我長久在這塊園地裡探索，以及經過方家的調教，總有欣賞的能力吧，相信你只有認同，不會懷疑。

詩人，蕭瑟的秋日已走遠，金色的秋陽早已隱遁在冷峻的冬季裡，燦爛的陽光不會在此時露臉。當一顆鮮紅的心逐漸地被蠱吞噬之後，忠言是否能喚醒沈睡中的靈魂，抑或是讓他繼續地沉淪。滿腹經綸飽學之士的你，想必自有定奪，方能從萬丈深淵一躍而起，用一對超人的慧眼，選擇自己該走的路……。

詩人，時間永遠是計算的重複者，轉眼冬天到。

二〇〇二年十一月作品

寧園冬暖

朋友們，今天很榮幸來到環境幽美、景緻怡人、文風鼎盛的寧中小，參加「書香滿寧園」的讀書會。受邀同來的黃振良老師，他有完整的學經歷，亦是文壇老將，曾經以曉暉的筆名在國內的報刊雜誌，發表過許多作品。我們也共同創辦了地區第一份經過新聞局核發登記證的《金門文藝》雜誌，除了自身的興趣，也懷抱著對文學的一份堅持和熱衷。雖然近幾年來黃老師由文學創作轉為文史書寫，但他並沒有放棄文學，依然完成了一本旅遊散文書《掬一把黃河土》。黃老師無論說寫均屬浯鄉翹楚，因而今天的主題「讀書與升學」就由黃老師來擔綱。而我呢？或許是貴校第一次，也是破天荒地，請來一位沒有受過正式學校教育的老年人，來和諸位談讀書吧。雖然我也曾經出版過幾本散文和小說，然而「寫」和「說」則是兩回事，能寫者不一定能說，能說者不一定能寫，可說是兩個不同的極端。我的學識本膚淺，口齒也遲鈍，既寫不好也說不好。當我進入寧園的那一刻，我就不停地在思索，倘若我受限於「學識」與「口齒」，而說不出一個所以然來，面邀我前來的陳炳容老師，想不被刮鬍子也難，這是我深以為憂的。

首先必須做一點聲明，我生長在一個與諸位截然不同的年代，無情的戰火剝奪了許多島民該享的權利，我是在砲火煙硝下斷斷續續讀完六年小學。爾時非但沒有優良的師資，注音符號也尚未普及，在如此的體制下受教，說起國語不僅是五音不全，更是荒腔走板；當然最主要的因素是往後的時光，沒有重新來面對它和學習它，致使我言下的國語，尚不及一年級同學的標準。惟恐讓諸位見笑，同時也顧及到一位老年人的自尊，因而，今天我決定以閩南語金門話來和諸位聊聊，相信同在這塊島嶼生長的朋友們都能夠聽懂和接受。但許多言辭用閩南語卻又難以表達，只好採取折衷的方式，發音不標準的國語，我用閩南語來和大家交談；閩南語難以表達的，我就試著用不太標準的國語來陳述。

不可否認地，今天我是懷著一顆學習的心，來和諸位朋友相互切磋、相互勉勵，以及交換一些讀書心得和寫作經驗。在這些「心得」和「經驗」中，有些是從閱讀中領悟到的，有些是從友朋的言談中學習來的，現在正好可派上用場，也可說是想到那說到那，一時無法向諸位列舉它的出處，絕對無意把別人家的經驗，當成自己的經驗，來矇騙你們，這是我必須向你們說清楚講明白的。仔細想想，現在想說的，似乎也與你們此時受教的科目無關，只是一些雜感。諸位都知道，讀書是一種有益於心身和啟發心靈的活動，但如果想從其中獲取寶貴的知識，則必須先培養持續不斷的讀書興趣，以及自動自發、全神貫注、百折不撓的學習精神，才能領悟到書中的精髓。然而，有些朋友除了自身必讀的課業外，根本不願涉及課外書刊的閱讀，自以為讀完學校必修的科目，爭取到好成績，才是他們此生唯一的冀求，其他不相干的課外書藉與他們無關。他們寧願為追逐一個偶像而到處奔馳，他們寧願三五成群地踩街漫步，打電玩或流連於網路聊天室，卻不願意把時間化在課外書刊的閱讀上。試想，一個人如果不培養出一種能開拓思域、啟迪心靈，閒暇時可寄托的精神食糧，將來必定承受不了外來的誘惑和打擊，甚且更容易染上不良的歪風和惡習。看到那迷幻般的金光在閃爍，想不跟著「搖頭」也難；看到呼嘯而過的飆車族，想不加入他們的行列更難。倘若我們能在課餘或閒暇時，培養讀書的興趣和樂趣，汲取各方面的知識，增強自已的領悟力和判斷力，如此將可避免受到外來或突如其來的影響而誤入歧途，這是一個不爭的事實，相信諸位都能理解。然而，我們該讀什麼書呢？卻也不能不加以篩選，在自己不能做判斷與抉擇時，閱讀名家的作品、求教於師長，或許是唯一可行的步驟，千萬不能受到時下一些劣質書刊的誤導，一味地追求時髦，讀一些俗稱沒有營養的書，那非但不能從其中獲得什麼，甚至還浪費我們更多的時間和精神。

或許，諸位已讀過許許多多好書，也從書中獲得無窮的知識和閱讀過後的快感，但如果不能身歷其境，卻永遠不能體會到寫作者那份甘苦。有時看到別人的文章，寫來似乎很簡單，不合自己興趣或看不順眼的，往往還會胡亂地批評一番；一旦自己執起筆，卻無從著手，才發覺到寫作原來是一件那麼不容易的事，這也是造成眼高手低的最大原因之一。當然，若依常理來說，讀者有閱讀的權利，亦有批評的權利，但有時批評要有批評的風度和尺寸，始免淪落於不必要的紛爭；倘若自已能寫又懂得欣賞，時時懷抱著一顆謙虛的心，多讀、多看、多寫、少批評，那是再好不過了。只是現時代的青年朋友，有如此修養的人，實在少之又少，我們只是順便談談，似乎也不必過於苛求。剛才有位朋友問：寫作需要具備什麼條件？這是一個既嚴肅又有趣的問題，我們何曾見過天生的詩人和作家？每年受完高等教育從文學系所畢業者為數也不少，是否個個都能成為作家？一本《文藝描寫辭典》，一本《小說人物刻劃基本論》是否就能成就一位作家？雖然作家不能不以文學理論做根基，但如果處處依據理論，仰賴理論，其創作的生命勢必也將終止於理論！因為汲取過多的理論，往往會限制一位作家的自由思考和創作空間。在從事文學創作的初期，方家總會告訴我們說：寫作沒有不二法門，只要多讀、多看、多寫，便可卓然成家。言下之意似乎很簡單，但我們必須要問問自己，我們到底讀了些什麼？看了些什麼？寫了些什麼？如果以諸位現在所讀、所看、所寫，的確是與寫作有所關連。倘若有心要步向寫作的路途，方家所謂的多讀，指的當然是多閱讀名家的作品，而後多加思考。多看，則是要我們多體會、多觀察、多領悟。而多寫呢？那便是要我們多習作、多揣摩。坦白說，你們在學校，已經歷經多年寫日記、記週記、作作文的磨練，一篇散文的輪廓已然產生。諸位不要忘了，數則日記，一封書信，只要投入真摯的感情，再透過諸位手中的生花妙筆，相信都能成為一篇好散文。如果你們能先從其中入手，不必理會字數的多寡，盡情地寫，寫出你內心想要敘述的意象，然後刪除不必要的贅語，增加尚未言盡的詞句，反覆多看它幾遍，再做最後的修飾和美化。如此不停地自我鍛鍊和揣摩，久而久之，雖然不能夠讓你們在一夕間成「家」，但對你們爾後的散文創作絕對有所助益。當然，小說是例外的，它涉及的層面較廣，無論是長短篇都必須具備一個完整的故事，邏輯的結構，甚至人物的刻劃、語言的運用、心裡的描述、時空的轉換……等等，在繁複的手續下始能構成一篇小說，與散文是兩個截然不同的體系。諸位如果有意從事小說創作並非不可，只是你們的人生閱歷尚淺，對於創作上的一些技巧尚難拿捏和掌握。約翰．皮爾遜曾經說過：「小說的藝術是一項非凡夫俗子所能勝任的工作，它除了要以一個完整的故事來吸引讀者外，還必須顧及到它的思想是什麼。」朋友們，小說創作的難度被皮爾遜一語道破，因而，我誠摯地建議，有意寫小說的朋友不妨先從散文著手，俟日後思想成熟了，人生歷練多了，再來嚐試小說創作的酸甜苦辣吧！這也是我從事小說創作累積的一點經驗，請諸位朋友做一個參考，也同時相互勉勵，並非我倚老賣老，自以為是「老手」。當然，在我們進入這個議題的同時，我也不得不說：在廣大的文學領域裡，一切仍然要靠自己不斷地努力和學習。倘若沒有付出痛苦的代價，幸福永遠得不到；天下也沒有白吃的午餐。如果能領悟到這個真理，或許就不會怪罪造物者的不公：為什麼別人能卓然成「家」而我卻不能！

朋友們，寫作經常會面臨到一個「寫不出來」的窘境，那就是所謂的「靈感」。有時我們攤開稿紙握住筆，卻不知從何處寫起，枯等了半天，依然等不到靈感的到來，只好眼睜睜地看著時間從我們的指隙間溜走，最後不得不收起稿紙放下筆，其結果是什麼也沒有寫成。倘若有如此的狀況發生，我們必須先問問自己，想寫的、欲表達的意象是什麼？它是否已經在腦中醞釀成熟了？如果能先求取答案，再進入苦思，其後自然就會產生靈感。假如我們的腦中沒有任何的人、事、物，而是空白的一片，試問靈感要從何處來？因而我敢斷定，任何一篇作品都必須要有一個明朗的主題，也就是所謂的中心思想，經過一段時間的醞釀，必能在腦裡成形，而後從苦思中得到靈感，始能如行雲流水般地振筆疾書。諸位朋友，或許你們已聽說過，我是在一部老舊的影印機上完成許多作品，尤其在我寫長篇小說《失去的春天》時，我創作的靈感並沒有被現實的工作環境所打斷。經常地寫上一段或一句，一枝十元的原子筆，一份十五元的報紙，逼迫我必須中斷下一段或下一句的書寫，但我依然能在短短的幾個月內，克服所有的困難，把一部十六萬字的長篇小說呈現在讀者面前；只因為這個故事在我腦裡已醞釀了一段很長的時間，經過短暫的苦思後，靈感即如泉水般地在我腦中湧現，讓我順利地把它寫完。如果我心中沒有這個故事，抑或是沒有經過一段時間的醞釀，再怎麼地苦思，依然不能讓靈感出現，想寫一千六百字也難，更遑論是一部十六萬言的長篇小說。

繼而地我們來談談詩吧。詩的創作技巧和表達方式，可說是各家不一。有些明朗易懂，有些晦澀朦朧。有人善於玩弄文字遊戲，任意造詞；有人喜歡放言高歌，痴人說夢話。但無論他們用什麼方式來表達，寫出來的總是詩，只因為他們「自認為」是詩人。尤其是讓讀者看不懂、猜不透的，更是難得一見的好詩；只因為他們已超越了語言規範，「自認為」提昇了詩質。當然我此刻譬喻的是一些「自認為」的詩人，放眼當今詩壇，名家依然無數，名詩亦有數萬首，但並不在我們此時的探討範圍。三十餘年前，我到「湖下」訪友未遇，回到蟄居的太武山谷後，我寫下了平生第一首詩〈慈湖行〉副題兼致牧羊女，發表在一九七二年十一月四日的「正氣副刊」。詩的內容是這樣的：

就那麼單單地為了一個理由
不到慈湖心不死在我腦裡長久地激盪著
源自二杯陳年老酒
賣狗肉的老頭從不說再見
與趣許是一種偶然
我是雙鯉湖畔底陌生客

慈心　慈孝　易君左
慈堤　長城　雙鯉湖
夢娜麗莎的微笑遠不及你底美
我恥於不能雀躍高歌
慈心不是人工的雕塑
慈孝許是天然底形影
在你柔情的波濤裡
我情願是一條水草

慈湖　啊　美麗底慈湖
當你的堤畔長滿了青草
我會再來
因為我還未見到那群可愛底羊兒
而牧羊女蟄居何處
怎不見她手持青杖的倩影婆娑

起初自己也曾懷疑它到底像不像一首詩，發表過後也沒有刻意地去理會。然而國內知名的《葡萄園詩刊》卻於四十三期轉載了它，詩人文曉村曾經在該期「葡萄園詩話」中說：「表現最為突出，是佳作中的佳作……。」詩人金筑也認為：「〈慈湖行〉情深而含蓄，真誠而不俗套，是自然的流露。詩句沒有刻意雕琢，掌握了主題的焦點。」這首詩雖然是在無意中誕生的，但經過方家的解讀和認定，在我的內心裡，顯然地它更像一首詩了。然而我並沒有沾沾自喜，也沒有勇氣轉往詩壇求發展，甚至不久後我突然莫名其妙地輟筆，一停二十幾年，其間沒有寫過任何一篇作品。直到一九九六年七月我從北京回來，卻寫下我平生的第二首詩〈走過天安門廣場〉，詩人金筑說：「〈走過天安門廣場〉是作者心情赤誠的坦露，絕不是白痴與色盲，而是對歷史的憂心，有強烈擁抱故土的意願，豐富的愛國情操言於詩表。」繼而地，我嚐試以鄉土語言來寫詩，也相繼地完成了一系列的「咱的故鄉 咱的詩」它們分別是〈今年的春天哪會這呢寒〉、〈故鄉的黃昏〉、〈了尾仔囝〉、〈某政客〉、〈戒嚴前後〉、〈咱主席〉等六首。「國立台灣藝術大學」副教授詩人張國治，也曾經對這幾首詩做了如此的詮釋：「他植根於對時局的感受，對家鄉政治環境的變遷，世風流俗的易變，人心不古，戰火悲傷命運的淡化等子題觀注，……選擇這種分行，類對句……、俗諺，類老者口述，叮嚀，類台語老歌，類台語詩的文類……鋪陳一股濃濃的鄉土情懷。」但限於鄉土語言尚無一套標準的字音字形，寫來倍感艱辛；因而，我不願再把時間耗在這些吃力不討好的嚐試上，「咱的故鄉 咱的詩」也就暫時告一個段落。

朋友們，這就是我寫詩的一段過程，藉此機會和諸位談談，在廣大的詩之領域，有時想想它似乎也是一種不規則的遊戲。或許，任何一種文學，任何一種藝術，都有一套讓創作者感到沉重的理論。如果諸位有寫詩的雅興，不妨先搬開那塊阻礙我們創作的絆腳石，懷抱著一顆誠摯的心，抓住一個讓我們能夠盡情地發揮的主題，大家一起來寫吧！況且，「詩人」的頭銜並不需要經過國家考試，諾貝爾文學獎又離我們很遠很遠，只要你想寫沒有什麼不可以的。前輩詩人紀弦曾經說過：「詩是新大陸的探險，詩處女地的開拓，新內容的表現，新形式的創新，新工具之發現，新手法之發明。」朋友們，大膽地揮舞著你們的筆，勇敢地到詩之園地裡去探險、去開拓、去表現、去創新、去發現、去發明。不久的將來你們辛勤耕耘的那片園地，必將綻放出美麗的花朵，且讓我們共同拭目以待吧！

此刻，冬陽已映照在寧園的上空，把我們內心裡的那股寒意也驅離。但趁著暖流上身的時刻，我必須讓你們體會一下〈今年的春天哪會這呢寒〉，這首詩的主題非常明朗，相信諸位均可一目了然。自從解嚴、戰地政務終止後，大環境的丕變，時空的快速轉換，讓鄉親有措手不及的感覺；尤其面對那些正人君子的謊言，更讓鄉親難以忍受。因而，經過一段時間的觀察和醞釀，始有這首詩的誕生，也開創了地區詩壇的先例——第一首閩南語詩。在刊出後的不久，據側面上的瞭解，有些學校的老師，甚至把剪報張貼在學生園地裡，讓同學們相互來朗誦，來體會時局的變遷，讓他們也能感受到，鄉親內心裡的那份辛酸、苦楚和無奈。董振良導演在台北土辦的「馬年金好玩藝文週」系列活動時，曾經在永康公園由台語吟唱大師趙天福帶領全體觀眾來吟唱，把〈今年的春天哪會這呢寒〉這首詩推上一個更高的層次，讓長久生活在都會裡的台北市民，也能感受到鄉土的金門文風，以及對金門時局變遷的心情。詩人張國治在讀過該詩後說：「作者以非常口語化的語境來舖陳，由金門口語化的詞意轉化成漢字之後，也不失意象之美。如黑陰，咻咻，冷冷的形容詞，仍見他使用意象之準確。不過究其詩，他絕非唯美主義者，他在純粹描景及意象營造之後，仍然會拉回到現實的批判。」我在這首詩所要表達的意象，可說讓張國治一語點破。現在諸位手中都有一份影印稿，就讓我們齊聲來朗誦吧，也讓諸位體會一下，今年的春天到底有多麼地「寒」：

今年的春天哪會這呢寒
黑陰的天氣　咻咻叫的風聲
無人的車站　冷冷的街景
三二個戇兵仔　一二個過路客

阮舉一塊椅頭仔　坐佇車路墘
看看遠遠的樹影
望望黑暗的天邊
親像一隻孤單的老猴
等待著西方的日頭

今年的春天哪會這呢寒
天公伯仔無落雨
做穡人真甘苦
無收成飫腹肚
夭壽大陸仔
一斤芋賣十五
三斤蚵賣百五
明明要絕咱金門人的生路
想要搰力來打拚　嘛無撇步

今年的春天哪會這呢寒
生理人差真儕
十萬大軍變萬五
好名好聲做頭家
比起苦力抑不如
死會硬　利息重
國稅局　毋放鬆
萬稅　萬稅　萬萬稅
萬稅　萬稅　萬萬稅
敢毋繳　送法院
關共乎汝　塗　塗　塗

今年的春天哪會這呢寒
咱的家鄉咱的愛
凡事哪有三通急
憨台仔毋捌字

共咱當做白老鼠
阿共仔對咱無興趣
這門想要比彼門
親像戇囝仔佇眠夢
開繳場　設工廠
轉運站　娛樂場
數想大陸仔來觀光
政客喙　糊累累
白泡瀾　黏歸喙
無替鄉親想前途
攏為家己找錢路
百姓舉狂擱計譙
三通三通通啥潲
官員頭殼咚咚嗨
伊講毋通趕緊慢慢來

今年的春天哪會這呢寒
跤手生凍籽　喙唇頂下裂
雙爿耳仔紅光光　鼻水雙管流
毋知啥物時陣會好天
毋知啥物時陣會獪寒
只好雙跤跪落塗
問問天公祖

當你們誦完全詩，內心裡是否也會湧起一股沁人心脾的「寒」意？雖然你們在溫室裡成長，過著無憂無慮的安逸生活，但不能沒有憂患意識。或許，家鄉未來的遠景和希望，得靠你們重新來開創，這是一個極其現實的問題。倘若讓春天繼續的「寒」下去，未來我們是光明在望，還是前途茫茫？身為現時代青年的你們，更應當深思。

朋友們，拉拉雜雜地和諸位談讀書、談寫作又吟詩，的確是有一點兒自不量力。幸好諸位都知道，我是讀完初中一年級後就失學，複而在文學園地裡自我摸索，在學識方面原本就淺薄，如果言下有誤導諸位、或引用不當，以及欠週之處，務請諸位多包涵、多體諒、多指正，好讓我爾後有改正的機會。因為，接受別人善意的批評和指正，不是恥辱，而是光榮，自身所獲得的也會更多。今天彼此因緣際會，也是我們搭起友誼之橋的開始。相互切磋、相互勉勵，亦是我來此的最終目的。此刻，浯鄉的初冬雖有一些寒意，內心卻感受到無比的溫馨，恰如是我心中的春陽。倘若時光能倒轉，我願為你們再敘述一遍，只嘆這個機會，永不再到來。

再會吧，朋友！但願來日，我不再是寧園的陌生客。

二〇〇三年元月作品

時光已走遠

詩人，一番春雨，幾許春風，燕子已飛回屋簷下的舊窠巢，門外的木棉也綻放出絢麗的花朵，在別離三十餘年後的今天，竟能再見你龍飛鳳舞、行草交錯的字跡。然而，它並非是書法之美，亦構成不了藝術，而是你坦率的表徵，真情的流露。儘管歲月已在我們的雙鬢，抹上層層雪霜；在我們光澤的面龐，銘刻條條皺紋，但那亙古不變的友情則依舊，是否應了佛家所謂的緣分，還是誠摯的友誼未曾中斷？

或許，我們不該責怪歲月的無情，只怪那無情的光陰已走遠。當你的名字出現在我的眼簾時，儘管是濃霧深鎖浯鄉的晌午，卻能讓記憶快速地回復到初識時的時光，一波波掠過眼簾，猶如餘波盪漾的湖水。

爾時，你從多變的詩壇出發，我則在散文的國度裡摸索，兩種截然不同的書寫方式，讓我們在文學上沒有太大的交集。你的詩晦澀難懂，我的散文平庸無趣，但卻經常為自己的作品做辯護。誠然，真理是愈辯愈明，但我們的辯論則始終沒有結果，僅在歲月自然的沉澱下，衍生出一份恆久不變的友誼，這是我們倍感珍惜的。

你問我「還沒死？」

我必須回你一句「你還在？」

在短暫的人生旅途中，「死亡」是遲早必須面對的問題，又有誰能倖免。想當年，我們曾以「活不過三十歲」來調侃對方，而今卻以加倍的歲數遊蕩在人間，你我的「烏鴉嘴」，許是我們「長壽」的主因吧！

你提起我在浯江副刊「炮火餘生錄」共用專欄發表的〈炮打美人山〉，而且迫切地想重讀一遍。我深知你並非對「炮」有了好感，而是針對「美人山」這個蘊含著詩情畫意的小地名有了興趣。然而，我筆下的美人山，卻與你想像中的美人山有一段很長的差距，它只有「炮」，並沒有「美人」。內文也只是炮戰期間的一個小片段，並非是全部。如果你有雅興，就看下去吧——

「八二三炮戰那年，我十三歲。

從懂事起，家裡的「大廳」和「櫸頭」都被駐軍佔用著。但在端午節過後不久，駐軍則大發慈悲，把佔用的房舍歸還於民，紛紛地移往美人山，住在剛完成的坑道或碉堡裡。是否有戰事將臨的預兆呢？那是軍事機密，任誰也不能加以臆測和聯想。一些較有感情的「北貢兵」，經常帶著吃剩的饅頭，下山來探望老房東，順便看看那些足可當他們子女的孩子們。有時也穿著黃埔內褲打赤膊，順便在村郊的水井旁洗澡。這幅景象在夏季裡，幾乎是天天可見，他們也習以為常，不以為「見笑」。倒是路過的村婦，往往都是壓低了簦笠，不敢抬頭看他們一眼。少數頑皮的兵仔，有時還會吹聲口哨。倘若遇上較潑辣的村婦，少不了要來上一句：「夭壽兵仔，緊去死！」

我們的耕地幾乎都在美人山下，因而那些北貢兵無論上下山都必須從我們的田埂上經過，再抄著那條蜿蜒崎嶇的山路走。那天下午天氣炎熱，下山洗澡的北貢兵很多，較熟悉的是「麻臉排副」、「矮仔文書」、「高個子班長」……，每人都帶著一個臉盆和盥洗用具以及替換的內衣褲，有說有笑地經過我們的田埂；矮仔文書還遞了一根「七七」牌子的香煙請父親吸。而就在他們路過的不久，遠處響起了一連串「咻，轟隆！咻，轟隆！」的炮聲，湛藍的天空霎時一片火紅，只見下山洗澡的那些北貢兵，有的僅穿黃埔內褲打赤膊；身上還殘存著沒有沖洗掉的肥皂泡沫。有的袒裼裸裎；濕淋淋的黃埔內褲緊貼在下身。有的左手拿著衣物，右手拿著臉盆蓋在頭頂上。他們相繼而快速地往山上奔、往山上跑。而同在這方田地耕種的村人，起初並不以為意，甚且還停下手中的工作，舉頭仰望火紅的天空。那時，我在田埂上牧牛，隆隆的炮聲和火紅的天空讓我好奇，心想，或許是兵仔在演習吧。而就在剎那間，一聲聲「咻，轟隆！轟隆！」的炮聲則由遠而近，四處滿佈著煙硝和沙塵。

「小鬼！臥倒、臥倒，趕快臥倒！」不遠處響起矮仔文書急促的吼叫聲。

「蹲下，蹲下！快蹲下！趕快蹲下！」父親也高聲地呼喊著。

我鬆掉手中的牛繩，雙手抱著頭，濃烈的硝煙密佈在我的身旁，搞不清楚什麼叫臥倒，也弄不清為什麼要蹲下。就在另一次「咻」聲已響，「轟」聲將到的時刻，我突然被一隻有力的手推倒。耳旁響起「小鬼，快臥倒！」的尖聲，我被推落在田埂下，接著而來的是老牛慘叫的哀號聲。同時我的身上也被一個溫溫、軟軟、重重的物體緊壓著。想不到跟隨父親從事農耕工作十餘年的「老牛港」已活活的被打死；屍體散落在四面八方，留下一個死不瞑目的牛頭在田埂上。而推倒我的那隻大手則是麻臉排副。壓在我身上的是一塊血淋淋的牛屍，血水和泥沙沾滿著我的手臉和衣服，腥味和煙硝味由我的鼻孔直入心脾。在驚慌失措下，只感到那強烈震耳的炮聲會「驚死人」！

「小鬼，你命大！」排副一把把我拉起，父親也適時趕來，他倆合力地把我連拉帶拖地往附近的壕溝裡跑，而那條小小的壕溝豈能做為防身保命地。不久又是一聲聲「咻，轟隆！咻，轟隆！」的炮聲響起，它鐵定是落在築有「工事」裝有「大炮」的美人山腰。只見山頭是火海一片，小小的心靈同時也興起了一個疑問，為什麼共軍炮打美人山，而美人山不打炮還擊？

「順著這條溝走，前面有一個碉堡，先避一避。」排副在大陸雖然身經百戰，但此刻卻依然驚魂未定，結結巴巴地傳授我們寶貴的經驗。「聽到轟隆聲，就是炮彈落地的時候，要趕快臥倒。雙手握拳撐在胸口的兩邊，不能讓胸部貼近地面，以防內臟受到震傷。」

排副說完後，彎著腰，順著壕溝快速地往山上跑。我與父親則雙腳蹲著，時而低頭伏地爬行，時而弓身快速前進。在尚未抵達碉堡時，強烈的火光從美人山上反射，震耳的炮聲響自美人山麓，駐守在美人山的砲兵部隊開始還擊了，一絲無名的喜悅在心頭盪漾，我們勢必會打贏這場戰爭的。

而今歲月的巨輪已輾過四十餘年的日月光華，無情的戰爭已遠離這塊島嶼，島民享受著前所未有的清平和安逸。惟有歷經戰爭的人，方能領悟出「戰爭的無情」。惟有被戰火摧殘過的人們，方能領略到「生命的無價」。願上天賜福於這個島嶼；炮打美人山，美人山打炮，或許永遠不會再發生！」

詩人，看完〈炮打美人山〉這篇短文，你的心中是否會感染到戰爭的恐懼？還是沒有歷經過戰爭的你，品不出它嗆人的火藥味？

那年你來到這個小島上，已是炮戰的尾聲，太武山麓的坑道，讓你住的既安逸又舒適，雖然在春季裡有些潮濕，但那冬暖夏涼又寧靜的坑道裡，讓你創作的靈感倍加豐盈，多少詩篇源自這個不起眼的石洞，多少美麗的回憶在這個洞天福地裡衍生。

你是否還記得：坑道的西邊是「明德」，背山的是「太武山房」，石塊砌成的階梯，在翠綠的草坪襯托下，更顯得它的幽雅和清靜。站在陽台上，輕撫低矮的欄杆，翠谷怡人的景緻盡在眼簾。「明德塘」的池水隨風蕩漾，「水上餐廳」的花圃綻放著嫣紅的玫瑰。經過「軍事看守所」，順著「介壽台」後那條蜿蜒的小路走，我們在「擎天廳」看首輪電影或勞軍晚會。

坑道的東邊是武揚。經常地，在午餐的鈴聲未響時，我們會暫時放下身旁繁瑣的業務，來到「武揚塘」，坐在木麻黃樹下的石椅上，雙眼凝視著通往武揚台的道路上，等待藝工隊漂亮的女隊員列隊來進餐。儘管她們穿著清一色的軍服，品不出撩人的曲線美，但我們會從她們高矮肥瘦以及五官來談論。然而，在我們春情蕩漾的心靈裡，似乎個個都是美女，人人都是我們夢想中的美嬌娘。而當她們大方地和我們打招呼時，卻又靦腆地不知所措，竟連揮手的勇氣也沒有，讓我們在青春歲月裡，徒留一縷憾意。

詩人，燦爛的時光已走遠，金色的年華一去不復返，倘若此生有緣再相見，亦是黃昏暮色時。儘管不能留下一些感人的詩篇在人間，但我們又能帶走些什麼？最後勢必是：來也空空，去也空空！

二〇〇三年五月作品

歷史的傷痕

詩人，看完〈炮打美人山〉你又想讀〈炮火下的臭人〉。這兩篇作品雖然同是「炮火餘生錄」的姊妹作，但在書寫時卻懷著不一樣的心情，父親傴僂的身影，三不五時地在我腦裡激盪著，能夠完成這篇作品，也是一股無名的力量在支撐，這股力量正是遠在天國的父親所賜予。

我始終不明白，寫詩的你，怎麼突然間對我這二篇作品發生了興趣。難道是想回味一下戰爭的無情和悚懼？還是想用你的詩來撫平這段歷史的傷痕？無論你的動機是什麼，就任由它回歸到歷史吧！

現在我把〈炮火下的臭人〉摘錄如下，務請你一字不漏地讀完它，共同為這段悲傷苦楚的歷史做見證——

「共軍炮打金門的那年，我正好小學畢業。

大哥隨著金門中學疏遷，被分發到「省立虎尾中學」就讀，家中尚有幼小的弟妹三人，我雖然考上了初中，卻因家庭因素不能跟著學校遷台升學。世代務農的家，正好多了一個幫手。然而自小家境貧困，三餐不是「安脯糊」就是「安薯簽」，到了十三歲，依然是一個「矮古財」和一副「排骨仙」，想要「轉大人」或許還有得等。

在那長達四十餘天的炮火烽煙裡，島民過著前所未有的緊張生活，躲在防空洞裡並不能解決現實的民生問題。人要吃飯，欄裡的畜牲要餵養，田裡的作物待播種、要收成。但那無情的炮火並沒有訂出一張時間表，說打就打，高興什麼時候打、就什麼時候打，從不為同是炎黃子孫的島民留下一點生存的空間；可憐的島民不得不在炮火下求生存。

那天天微亮，父親把我從防空洞裡喚醒，他說再不上山挖點蕃薯，誠然不被共軍的大炮打死，也會活活地餓死。然而父子倆並非提著空籮筐上山挖蕃薯，而是肩挑著兩桶水肥，把水肥潑灑在預備播種的田地後，再到就近的池塘裡洗刷一番，然後裝著挖好的蕃薯挑回家。父親雖然幫我打了半「粗桶」水肥，但兩桶加起來總有四、五十斤重吧，挑在瘦弱的肩胛上，的確是一個沉重的負荷。或許自己的體重遠不及兩桶水肥重。

父親捲起褲管，打著赤腳，挑著滿滿的二桶水肥，面不改色、氣不喘地走在前頭，我則氣喘如牛般地走在他的後面。眼見過了戰壕溝，再爬一個小山坡就到了耕地。然而當我們父子的腳步還停留在坡上時，共軍的炮聲響了，「咻」聲和「轟隆，轟隆」聲相互交叉作響，硝煙和泥沙在我們的頭上飛揚。父親腳步穩健地退下壕溝，而當我轉身想跟著下坡時，腳步一滑，整個人和肩挑的水肥一起滾落坡下，惡臭的水肥濺濕我的全身，成了一個炮火下的「臭人」。父親見狀，顧不了轟隆轟隆的炮聲，快速地把我扶起，也扶起兩個空空的「粗桶」，並仔細地打量了一番，幸好沒有破掉。父親一把把我拉到貼近溝壁處，在密集的炮火下為我脫掉滿佈豬糞和人糞的衣服，身上僅穿著母親用麵粉袋為我縫製的內褲。而後伏身走到一個低窪的集水處，掬水為我洗掉滿頭滿臉的穢物，並脫下他身穿的外衣為我披上。然而，父親這件老舊的外衣，是兵仔丟棄的軍服，經過母親縫補和洗滌，做為父親農耕的工作服。衣身的長度幾乎到了我的膝蓋，袖長更不在話下。如果把那件濕漉漉的內褲脫掉，或許也不會讓人看見什麼。當然我指的是那隻發育不全的小鳥。諸君看過後，不能說我「袂見笑」，的確是如此的。

炮聲漸漸地轉了方向，父親重新挑起水肥，我卻挑了二個空空的「粗桶」。雖然肩上已沒有了負荷，但卻有一份失落感。水肥雖然只是人與畜牲共同的排洩物，但農作物則必須仰賴它的養分始能成長和茁壯；它的一點一滴可說都是「做穡人」之寶。然而正當父親下田潑灑時，共軍的炮聲再次響起，由遠而近地，落在附近築有工事的山坡上。強烈的爆炸聲震耳，炮彈的碎片滿天飛。然而在這片空曠的田野，竟找不到一個可掩蔽之處。父親要我把空「粗桶」頂在頭上，蹲在田埂下，以防頭部被碎片擊中。然而雙手的力氣畢竟有限，我索性把粗桶向後微傾地套在頭上，雙手扶著把柄，露出眼臉，面對濃煙密佈的天空。不一會，脖子上感到涼涼癢癢的，我用手輕拭了一下，竟然是殘存在粗桶裡滴落下來的水肥。但為了保命，為了不願成為炮火下的犧牲者，那點惡臭的「屎味」算什麼。雖然木製的「粗桶」擋不住鋒利的炮彈碎片，但在心理上和「土壕」、「土洞」具有同樣的安全感。倘若不幸被擊中，無論身在土壕或土洞，依然是粉身碎骨，與頭頂粗桶並沒有什麼兩樣。

時光匆匆，八二三炮戰迄今已歷經四十餘個寒暑。多少無辜的生命被摧殘和犧牲，多少人因此而家破人亡。坦白說：我們是這場戰爭中較幸運的一群，雖然耕地和房屋被蹂躪得面目全非，家畜也死傷無數，但身軀卻沒有受到任何的傷害，才能平安地活到今天。戰爭雖然可怖，但總有結束的時候。泯滅的人性，亦有甦醒的一天。兩岸的軍事已不再對峙，和平的鐘聲亦已響起。我也從當初懵懂的少年，搖身變成一個白髮蒼蒼的老年。倘若時間能洗刷歷史的罪名，又有誰能替我洗刷那份在炮火下被沾染的「屎味」？或許，必須回歸到歷史，揪出那位罪魁禍首，真正的「臭人」！然而他已蓋棺，我們是否能展現出中華民族泱泱大國民的風範，一笑泯恩仇，還是牢牢地記在心坎裡……。」

詩人，戰爭已遠離了這塊島嶼，居民也學到教訓和包容，過著前所未有的清平時光。在兩岸軍事不再對峙的同時，島上不僅解嚴，也廢除戰地政務，爾時的種種限制已不復存在。但在有限的商機和就業環境下，居民開始外移，戍守在島上的駐軍更大量地裁撤，昔日熱絡的街景此時已一片冷清，島民勢必又要承受另一波災難，這是我們始料不及的，但也必須坦然來面對。

然而，在這個平凡無奇的世界裡，我們似乎找不到更妥善的名辭來形容遠走的時光、逝去的歲月。蟄居於這個小島嶼，面對蒼茫冷漠的社會，讓我們不得不感歎世俗流風的易變，人心的險惡，在黃昏暮色中飄蕩的彷彿是我們疲憊的身軀和蒼老的心。近六十年苟且偷安的人生旅途，雖然沒有豐功偉業可炫耀，但我留下的卻是百餘萬言從我腦海裡衍生出來的作品，儘管被定位是「鄉土作家」和「邊陲文學」，但我並不以為忤，反而引以為榮。而你呢，詩人，你的詩是否已進入主流體系，還是依然停滯在它的邊緣？幸好我們都有一個不忮不求的胸懷，一切順其自然，其他的就由後人來論斷吧！

詩人，或許不久的將來我們都要歸去，去到一個虛無飄渺的極樂世界，屆時別忘了帶支筆、一疊紙，讓我們蘸著血和淚，寫出天堂的雄偉和秀麗，但也必須回憶人間燦爛美好的時光，願蒼天賜福於這塊土地和祂的子民！

二〇〇三年六月作品

走在繁星閃爍的木棉道

朋友，門外高大挺拔的木棉樹又換上翠綠的新裝。朝暮面對著它，目睹枝椏上的花開花落，儘管它葉綠油油、風情萬種，但久了，在我心中似乎已衍生不出那份脫俗的美感；彷彿只是季節的變遷、自然的律動。

人，的確是一種不可思議的動物。數月前我在〈轉眼冬天到〉尊稱你為詩人，這個頭銜是多麼地尊貴和華榮，而今卻以庸俗的朋友呼之。並非我善變或對詩人你不敬，只因為我不願讓你與同類的詩人相若，也不願讓我們恆久不變的友誼遭到分化。想當初在文中談論的只是一種虛擬的表述，以及現實與美感的對話；但冠上詩人後，總有人喜歡胡猜亂想、對號入座。誠然他們亦是如假包換的詩人，然而，在廣大的詩壇裡，他們何曾數過我的詩人朋友有多少？他們何曾見我意象鮮明的詩魂在躍動？面對不停的電話鈴聲和詢問聲，我的內心銘起一股無名的反感。從今往後，你詩人的頭銜正式從我的文中除名，留下一個既莊嚴又神聖的稱謂：它叫朋友。雖然少了一點詩意，但卻能顯現出我們亙古不變的友誼。

今天我們必須回歸到一個尚未結辯的問題。你說你已很久沒有見到那位長髮披肩讓你心儀許久的小婦人了。你富有詩意的言詞已激不起她的興趣，歌頌她的詩篇卻被譏為膚淺，怡人的笑靨已從她的面龐消失，細瞇的雙眼已閃爍不出一絲愛的光芒，只露出一個只有性感沒有美感的軀體在眼簾。因而，她的影像已逐漸地讓歲月的硝酸從你的記憶裡腐蝕。爾後是否能風華再現，重新衍生出一份兩情相悅的情愫，又有誰敢於預料。

或許，這是唯一能讓你逃脫出那段不正常愛戀旋渦的大好時機。雖然你再三地強調它的純情，但不可否認地，你的心裡隱藏著一份恥於告人的暗戀。從你詩中明朗的意涵，從你幽幽的言下之意，身為多年友人的我，焉有不知情之理。除非你以謊言來矇騙朋友，除非你的詩章是磚石的堆疊；要不，何能寫出〈幸福〉這首柔情似水的詩篇，何能描繪出她婀娜多姿的身影。如果沒有真摯的情感，如果沒有細微的觀察，任憑你的筆尖再細再銳，任憑你的詩興有多麼地高亢昂然，依然只是文字與文字的堆疊，書寫出來的只不過是一首沒有生命的詩吧。

我們從文學的國度一路走來，歷經無數的挫折和苦難，攀過險峻的高山，越過深深的溝渠，一步一腳印，始能立足於這片土地。我們親身體驗到文壇的現實和冷暖、世道的冷漠和莽蒼，但我們並沒有向現實低頭，也沒有迷失方向。一瓶瓶墨水從我們筆下乾涸，一張張稿紙滿載著無窮的希望；如果沒有歷經多年的苦練，你何能立即進入到一個外人看來並不起眼的小婦人身上。從她的外觀到內心世界，從她的言行到舉手投足間，無一不是你詩中想表達的意象。是庸俗的情人眼裡出西施，還是真有迷人處？是你的行為有了差池，還是想尋求一份新鮮刺激又能引人注目的婚外情？抑或是想從她豐滿的身軀、端莊的姿態、飄逸的秀髮、白皙的肌膚、柳眉小嘴上獲得創作的靈感？倘若真有如此的思維，需要異性的粉香始能激發你的詩興，面對美女始能挖掘到靈感的泉源，那麼爾時你的詩作是如何誕生的，該不是粗俗的「畫虎膦」吧！

從你無意間捕捉的影像中，我深深地發覺到，若依美的定義和賞析的標準來說，她並非如你所言是一個人見人愛的美少婦。除了一雙修長的腿、一頭烏黑的髮、一個微翹的臀較能構成美外，其他似乎距離美字尚遠。尤其那對瞇瞇眼、那副陰沈的臉、那個帶勾的鷹鼻，不知美從哪裡來。這雖然只是我個人的觀點，但我敢大言不慚地下定論，你缺乏賞美的眼光，追求的只是一個沒有美感、談不上性感的婦人。唯一能讓你心靈激盪的，或許是暗戀中的那份「白歡」和「自爽」吧。除了〈幸福〉外，你還能在有限的生命裡，為她寫幾首詩、譜幾首曲？

坦白說，這場「美」的辯論，雖沒有聘請公正的第三者當評審，但顯然地你是輸家。因為你的思想不正，行為也出現了差池，看的只是那位小婦人的表徵。倘若我沒說錯，或許真正吸引你的是她妖艷的妝扮、鮮麗的衣著，與其他能構成美的條件者並無關聯。試想，如果我們把一套華貴的衣服穿在一個肖查某身上，無論她的面貌有多麼地醜陋，甚至披頭散髮、言行怪異；只要有一雙長腿、一頭烏黑的髮絲、以及一個微翹的臀部，而後透過你的生花妙筆，再把它幻化成一首首動人的詩篇，這是否就能稱美呢？倘若是你眼裡出西施，我勢必要屈服於你對美的認定和詮釋；因為這個世界上，已沒有其他女人可供你選擇和欣賞。這場辯論就此宣告結束，誰輸誰贏已無關緊要，從今以後絕不以此為我倆辯論的議題。然我必須提出忠告，為保持朋友你的尊嚴，千萬別輕率地以詩歌來禮讚、來歌頌一個你暗戀中的女子，以免被譏為膚淺。只因為她不懂詩，又何曾能瞭解到詩人您。這個沒有美感談不上性感的笨蛋！

今晚，一群孩子在木棉樹下玩「救兵」。他們分成二組，先用剪刀石頭布猜輸贏再論先後，各佔一株粗壯的木棉樹做地盤，僅留下一位守門員，然後輸家先出兵，依序開始在廣場上追逐和包抄，喜悅和歡樂聲不斷地傳來。只見孩子們個個汗流浹背、氣喘如牛，尖銳的爭吵聲和喜悅的笑聲同時震耳，玩得不亦樂乎。朋友，此時我坐在木棉樹下的鐵椅上，親眼目睹孩子們玩「救兵」的遊戲。那一幕幕情景，與五十餘年前的我並沒有兩樣，不但玩「救兵」有時也玩「救國」；甚至輪流「做官」玩起「三公」和「十點半」。偶而也打打百分、撿撿紅點；但最常玩的或許是三公和十點半吧。

爾時家裡的大廳住了十幾位「北貢兵」，他們沒事時就四人一組在通鋪上「打百分」，一塊錢、兩塊錢地論輸贏。有時也圍了五六人，輪流做官推「十點半」，當然也是用錢下注論輸贏。「撲克牌」我們也稱它為「百分牌」，玩的方式很多；從「打百分」、「撿紅點」、「十點半」、「橋牌」、「三公」、「梭哈」、「接龍」到以四副樸克牌合成的「紙麻將」，小小的年紀經過那些北貢兵的熏陶和調教，以及長久的耳濡目染，竟然學會了好幾種玩法；雖然不精，但玩起來、或賭起來，卻有模有樣。

賭，往往要靠運氣；除非是賭場裡的老千，否則，誰敢說賭博與運氣沒有關係。於是我們撿來北貢兵丟棄的舊紙牌，利用放學或假日，找來幾個玩伴，用不同的方式；時而打百分、時而撿紅點、時而推十點半和三公，當然有時也打起了紙麻將。那時的農家三餐能有安脯糊吃已算幸運啦，哪還有什麼零用錢之類的玩意兒可做為賭資。但為求慎重起見，我們下的賭注是「搔手心」，那便是贏家伸出手，手心朝上，輸家用食指在贏家的手心一劃一劃地「搔癢」，雖然談不上舒服，但卻有贏的快感。起初下的賭注只有三、五下，繼而地是百下、千下、萬下，幾乎是愈賭愈大；後來甚至以「搔腳心」做賭注。

童時，一雙「回力牌」的球鞋，猶如傳家之寶，哥哥弟弟、姊姊妹妹或許都穿過。除了過年外，無論上學或玩耍，春夏和秋冬，孩子們幾乎都是打著赤腳。因此，不小心踩到「牛糞」或「狗屎」，「鴨便」或「雞屎」的機會也相當多，每每都是就地在草地上或沙堆裡磨磨搓搓，晚上洗腳也只是用水隨便沖沖，經常地腳背積了一層污垢，那就是俗稱的

「生鏽」。因而，眾人都認為腳是最髒的地方，用乾淨的手指搔別人家骯髒的腳心，內心總會衍生出一絲兒卑賤之感，是一般人所不願做的。然而，一旦輸了，就不得不從；那時可說是人小心不小，動輒輸贏好幾百萬次的「搔腳心」，如果真要一下下搔完，不知何時何日始能搔了。雖然在賭時記得清清楚楚，到後來總是不了了之。

剛學會這些玩意時，我們的興緻是很高昂的。一有空暇就聚在一起，人多了就推十點半，人少了就玩三公，湊足四人就打百分，企圖用賭來營造一個快樂的童年。然而，好景不常，我們的行為和舉止已引起彼此家長的注意，畢竟「拔繳」是一種不當的行為，小小的年紀不好好的唸書，卻學會拔繳，長大必定會成為賭徒。於是大人們開始禁止，首先沒收撲克牌和罵幾聲做警告，倘若再患少不了用「竹甲魚」來伺候。然而，為了害怕被打被罵，我們躲躲藏藏轉移了陣地。有時在祖厝的八仙桌下、有時到沒人居住的番仔樓、有時在防空洞或樹林裡，與大人玩著捉迷藏的遊戲，任憑父母在村裡高聲地嘶喊叫罵，依然我行我素，依然減輕不了我們對拔繳的熱愛。逐漸地我們的賭注不再是「搔手心」或「搔腳心」，而是煮熟曬乾的花生。

每年花生收成時，倘若豐收，農家幾乎都會煮上幾大鍋加以曬乾，貯存起來當佐餐。惟恐孩子們漫無節制地三二下把它吃完，父母總會分給孩子們每人一甕熟花生，要他們省著吃。然而不知是誰出的好主意，竟然用花生做賭注，一旦輸完則必須主動退場，當然也可以向贏家借，就是不能用欠的；因為欠多了，或欠久了，到後來總是要歸零。起初大家都很保守，打百分每次以五顆論輸贏，十點半最多只能壓五顆。然而一旦「賭火」來了，顆數也不限了，尤其推十點半最刺激，經常地從口袋裡胡亂抓一把，往自己面前一壓，做官的對下注最多的一方也特別感興趣，每發一張牌，口中也跟著喊：「乎汝死！」、「乎汝死！」、「乎汝死！」，但並不一定真會死；倘若真死了，面前的花生被「吃」了，似乎也不會感到惋惜。萬一來個「十點半」或「五小」，做官的要加倍賠償，那份贏的喜悅，比滿口袋的花生還讓人興奮。

童時雖然學會了這些玩意兒，但長大後卻沒有「學以致用」的勇氣，也不敢「教歹囝仔大細」；甚至爾時嫻熟的技巧，也逐漸地還給那些北貢兵，並由他們帶往天國。倘若真有「學以致用」的膽量，此刻或許已是不折不扣的「賭徒」或「賭棍」；再深一點的道行，便是人人欲誅之的「賭鬼」，來往的必也是一些「賭友」，與詩人你也成不了朋友。然而，我們內心的真言，往往得不到那些自持清高的道學家們的認同。他們從小在一個安逸的環境中生長，受過完整的學校教育，進入社會又懂得逢迎拍馬，在職場上更是平步青雲。因而他們一個個高高在上，總以為一切榮華都是與生俱來的，對於一些從窮鄉僻壤中走出來的朋友，時而會針對他貧窮的家境、不識字的父母、工作和職業加以分釐，再用一對鄙夷的眼光來輕視他。基於此，很多人都不敢談論過去，以現有的光環來遮掩過去，甚至把過去忘得一乾二淨。只有少數人的良知尚未泯滅，依然能從記憶裡尋找爾時的那份純真。

此刻我的腦海已回復到童時的記憶。無論「救兵」或「救國」，無論「跳人」或「過五關」，無論「當窟仔」或「銅噹仔」，無論「三公」或「十點半」，彷彿一一出現在昨夜的睡夢中。而你的童年歲月是如何度過的？你可曾玩過這些遊戲？倘若說有，你必也擁有一個快樂的童年，只是那些彌足珍貴的的童年往事，是否能在你腦裡長存，抑或是隨著時光的逝去，隨著你在文壇與日俱增的光環，消失得無影無蹤。

或許我是多慮了，從你感時懷舊的詩篇裡，依稀能見到你誠摯的情感在流露、在傾洩。對於爾時的點點滴滴都有詳實的記載，絲毫不忌諱那些鄙夷的眼神，這何嘗不是你最可貴的地方。朋友，人，不可忘本；人生每一道關卡都值得我們學習和歷練。如果沒有從前，何來現在，這世界並沒有天生的詩人和作家，一切端看個人的努力，它似乎也是我們長久已來共同的體認和領悟。倘若一味地標榜家境好、學歷高，企圖以它來凸顯自身的博學，下筆為文卻是東抄西湊來矇騙讀者，如此之徒，又有什麼值得我們學習和敬仰的地方。文壇這條路雖然崎嶇又坎坷，但我們一路走來卻始終如一，只因為我們懷抱的是一顆赤誠之心；不與邪惡同流合污，不為政客所利用，不追求虛名和暴利，甘願為這方曾經被惡魔蹂躪過的島嶼，寫下永恆的篇章。

幾番風雨過後，木棉道上的落花已回歸到塵土，枝椏上又展現出一片盎然的綠意。在人生的旅途上，我們已嚐過它的酸甜和苦辣，不管歷經的是生命中的風霜和雨雪，但畢竟它已隨著歲月遠去，僅僅留下甜蜜的回憶。而這些回憶，惟有一個誠實又有良知的文學創作者，始有勇氣面對它，坦誠地把它記錄在生命的扉頁裡。相對於一些旅外的「飽學之士」，以及一票自持清高、不可一世的「亂世餘孽」，他們已忘了過去，恥於回憶。甚且連含辛茹苦、孕育他們成長的父母親，也因為是一個不識字的做穡人，而以一對鄙夷的眼光相款待。只因為他們擁有的是現時代的光環，受寵於這個現實的社會，喝了幾杯異鄉水，隨即成了異鄉人；自以為有非凡的成就、傲人的才華，目中已沒有這片土地和人們，只有一份虛而不實的光環在暗地裡自歡自賞。而那些在亂世裡，曾經以野蠻的手段，凌辱過不少鄉親的大人們，雖然解甲後靠點關係，在一方老舊的舞台上，扮演著小丑的角色；儘管賣力地演出，但要的只不過是一齣過時的猴戲，何能逃過鄉親雪亮的眼睛。因而，鄉親給予他的唏聲總比掌聲多。倘若他能在餘生裡，針對爾時的淫威，閉門思過和懺悔，或許來生始能回復原有的人形；如果不能，則將永不超生。這是世俗的輪迴和現世的報應，它針對的，何嘗不是那些作惡多端的妖魔鬼怪。

朋友，天色已晚，夜深沈；在木棉道上戲耍的孩子已走在回家的路上。趁著街燈尚未熄滅，我緩緩地移動腳步，躑躅在這方冷清的木棉道上。當我舉頭仰望綠葉油油的木棉樹時，蒼穹雖有繁星閃爍，但那隨風飄動的綠葉似乎更有詩意，紋風不動的主幹猶如傲骨嶙峋的朋友你。而此時我已年老，「救兵」、「救國」已無力氣，也不能邀集三五同好來「銅噹仔」、「當窟仔」或「打百分」、「推三公」；任由時光走遠、光陰虛度。唯一尚存的，只有童時甜蜜的回憶，以及那段辛酸苦澀的成長歲月……。

二〇〇三年六月作品

明月代問候

詩人，寫完《烽火兒女情》後，我的思維隨即跌入到一個前所未有的深淵裡。儘管朋友再三地催促和鼓勵，希望我能在他開闢的共用專欄裡寫點東西；甚至遠在異鄉的讀者也來電，建議我把六〇年代浯鄉盛行「姑換嫂」的故事書寫成章。然而，我始終以一些不實際的理由來搪塞，深恐我的腦力承受不了長久的激盪，讓無名的夢魘再次纏繞著我。因而，在這段時光裡，雖然讀了不少書，卻沒有寫下隻字片語，這也是我愧對朋友和讀者的地方。

數月前在《浯江副刊》拜讀楊昌賓先生的大作〈金門館〉，他談起在某地的火車站對面，品嚐到金門人做的「肉丸」。從他流暢而生動的文筆裡，依稀可見一個熟悉的身影在異鄉的城市裡浮動著。雖然你在異鄉已幽居了近三十個年頭，但那永不改變鄉音，樸實的容顏，熱忱的待人，無一不是金門子弟的象徵。或許，楊先生再怎麼思、怎麼想，也想不到在車站對面賣肉丸，標榜著「戰地風情金門小吃」的那位老闆，會是六〇年代活躍於浯鄉文壇的詩人你吧？雖然你離鄉已久，最後一首詩是發表在《金門文藝》第六期的〈詩專號〉，時隔二十餘年後的今天，我依然能感受到你〈美律之夜〉——聆聽藤田梓教授鋼琴演奏時內心的悸動。在詩中你寫下：

律動　律動
音符舞著神的魔杖
流瀉著銀樣的光華
雨以羅列之姿擁你
澎湃如浪　洶湧在你的前方
生命是一棵常青樹
浪花激起　是雨的變奏

飛瀉　飛瀉
許是曠野馬嘯　抑是兩岸猿啼
貝多芬　是誰燃燒你的足踝
當你的記憶甦醒
你揮臂向天空吶喊　吶喊

靈性的衝擊　強者的衝擊
憤怒　一代的憤怒
把命運寫在紙上
寫在愛麗絲的夢裡

飄逸　飄逸
靈巧的舞蛇者走入東方
走入沙漠　走入氣候
蕭邦之後　鄉音濃了
泥土　泥土　我盈握芬芳

誠然我不是詩人，但卻能從你明朗華麗的字句中，品出你在詩中流露的真情，以及欲表達的意象。當貝多芬「命運」的樂章進入到你的詩篇時，你以「律動」來詮釋它的節奏，以「澎湃」來呈現它的音高，以「飛瀉」來分辨它的強弱。相信讀者們不但能從你優美的詩中，感受到那份扣人心絃的音樂感，又可領略到你文字中那份強烈的美感。然而，這首詩卻是你告別金門文壇之作，從此以後，你已遠離這塊島嶼，你的詩魂也深埋在浯鄉這塊貧瘠的土地裡。在異鄉除了教學外，貝多芬和蕭邦成了你的知音，遠離詩猶如遠離故鄉那麼地遙遠。

那年，我們相識於「冬令文藝營」，在寒風細雨中聆聽眾家大師的創作經驗談。爾時的懵然，並不能從他們的講解中獲得什麼寶貴的知識。我們似乎也有一個共同的看法，認為文學是一門可以無師自通的學問，它的不二法門就是多讀、多看、多寫。在未參加該次活動前，你已在報刊雜誌發表過無數的詩和散文，我亦已完成長篇小說《螢》的初稿，雖然始終認為它不成熟，但成熟與否的定義又是什麼？只要能書寫成章，又有誰能否定它存在的價值，三十餘年後的今天重讀它，依然能感受到當初創作時的那份純真。況且人生在世，有不盡相同之處，亦有不一樣的時空背景。即使我們在這方貧瘠的島嶼上成長，在戒嚴軍管下討生活，但先人遺留下來的文化，則有其崇高的歷史內涵，亦有不可被抹殺的一頁，它由原鄉人自己來發聲、來書寫、來傳承，或許較能深入到它的核心。大師的創作經驗談，只能做為我們邁向文學園地裡的借鏡，倘若一意地亦步亦趨，對本身非但沒有助益，又何能樹立自己的風格，寫出與這塊土地息息相關的作品。因而，在那段細雨輕飄、寒風刺骨的短暫時光裡，我們有著相同的感受，猶如你在〈雨季〉中寫下的：

我來時鼓卻已寂

那回聲的氣息瀰漫著
我們在雨中成長
把名字像一朵花開在水上
有初初插在鬢角上的馨香
……
……

相對於某些現代人，他們在學院裡習得一些理論，懂得一點技巧，走出校門後，滿懷著理想和抱負，想在文壇上一夕成名。然而，他們似乎忘了老師傳授的只是理論，與實務還相差著一段距離，在未曾接受社會歷練和歲月考驗時，並不能讓他們在瞬間成「家」，只能用一些朦朧晦澀，讓人看不懂的文辭來堆疊，或是以批評漫罵來凸顯自身的博學。而今，十年、二十年、三十年過去了，始終見不到他們寫出什麼曠世之作；久而久之，反而眼高手低、力不從心，當初的雄心壯志，已被無情的歲月腐蝕，不得不向現實的文壇俯首稱臣；這何嘗不是現代人自高自大、自命不凡的悲哀？

坦白說，一星期的文藝營，大師的幾堂課，並不能把我們陶冶成一個作家，只不過是讓我們親眼目睹大師的手采，而後裝進自己的記憶裡。時隔三十餘年，大師在文壇的風華依舊，而參加文藝營的朋友們又有幾位成績斐然的？倘若說有，亦是少數在這塊園地獨自摸索的朋友，似乎沒有誰真正受到他們的指導和影響而卓然成家。如果稱得上在文壇沾點邊，也是他們各自努力，辛勤換來的果實。相對於時下某些人，他們喜歡用大師的神主牌來炫惑，以為認識某大師，自己也儼然成為不可一世的大師了。實際上這是一種錯誤的想法，一位筆耕者靠的是自己的文筆和才華，倘若寫不出作品，只想仰賴大師鋒芒的炬光來映照、來庇蔭，豈能受到讀者的尊敬和認同？況且，文壇是一塊現實的園地，一位作者能否獲得肯定，絕對是作品與人品的相輝映；空有的虛名，東抄西湊的作品，只能矇騙讀者於一時，豈能騙過永遠，這是他們所疏於分析也必須自我省思的。

詩人，想當初參加文藝營的朋友，個個都是風度翩翩的俊少年、美少女。而今，無情的歲月不僅染白了他們的雙鬢，又在他們額上銘刻著一道深深的溝痕，蒼白的肌膚，與頰上黑色的老人斑相向，倒也黑白分明。這是否就是人生？這是否就是悠悠蕩蕩的人生歲月？不容我們懷疑，只有讓我們相信光陰的無情，世道的蒼茫！除了如此思、如此想，難道還能讓逝去的時光再復返，回復到十八、十九青春時？

轉眼在人間，我已攸然成「公」，在家族中的輩份又提升了一階，但距離塋前似乎也愈來愈近了。當孫子們天真無邪的喚聲在耳旁繚繞時，內心雖有無名的喜悅，但也有些微感歎，何時已佇立在日暮途窮的小山頭而不自知，何時已面對日薄西山的黃昏而不自覺。

或許，不久即將化成一粒細微的塵埃，在雲空中飛揚，而後回歸塵土、回歸自然，回到一個虛無縹緲的極樂世界。當這個日子到來時，必是無憾而終，而非抱憾西歸，只因為在這浮浮沉沉的大千世界，我們已看透人生的現實，了悟人間的蒼茫。

一九六九年仲夏，我因公到高雄處理「廢金屬品」，你卻隨著金中特師科到台灣教學觀摩旅行，當我們在金馬賓館相遇的剎那，他鄉遇故知的喜悅在我們心中久久地停留著，我一掃廢金屬品三次流標的懊惱，相約晚上到愛河畔的露天廣場喝咖啡。你穿著特師科的制服，留了西裝頭，集青春帥氣於一身，但也有幾分詩人的浪漫，當漂亮的異鄉女孩問你就讀那一所大學時，你竟脫口說：「金大」，當然，你說的是「金門大學」的簡稱。然而，女孩卻睜大眼睛，思索了久久，低聲地說：「沒聽過」。詩人，面對愛河潺潺的流水，仰望異鄉繁星閃爍的天空，我們是否真能品出咖啡的醇香？還是僅僅感受到「愛河」這兩個字的浪漫？

喝完咖啡付了帳，我們剛走了幾步，那位女孩卻神色慌張地追了過來，「金大的同學，你們給錯錢了。」我們停下腳步睜大眼，原來錯把「限金門地區通用」的五塊錢，當成色彩相近的台幣五十元來付帳。補足了錢，女孩用一對鄙夷的眼神看看我們，我們相視地笑笑，同為這個無心之過感到莞爾。然而，誰會相信我們的無心之過呢？幸好遇上的是一個小女孩，萬一碰上兇神惡煞，愛河畔的這杯咖啡，或許將是我們永恆的遺憾，而不是它的香醇。

我們沿著愛河幽雅的堤岸緩緩前行，兩旁雖有低垂的柳樹隨風搖曳，亦有五顏六色的霓虹燈閃爍，但混濁惡臭的河水，卻讓我們恥以用優美的辭藻來歌頌、來禮讚，只有把那份無名的感歎，任由它在彼此間的心裡澎湃著。然而，儘管我們鄙視它，不屑於把它記錄在生命的扉頁裡，但這都會中的紅男綠女，卻視它為談情說愛的溫床。草坪上，樹蔭下，成雙成對的戀人，無視於其他人的存在，把混濁惡臭的河水，幻化成一聲聲、一句句甜言蜜語，來妝點夜的情愫。如此的情景，他們已習以為常，我們卻感到遺憾。

在「港都戲院」頓足停留了好一會，櫥窗裡張貼著歌舞團撩人的海報，我們已是成年人了，對那些煽情而從未見過的海報，當然也感到新奇。然你身穿的是「金大」的制服，為了維護你學生的形像，我們很快就閃開，但過後卻有點後悔，倘若爾後要以此做為創作的題材，勢必不能隨心所欲。實際上我們是多慮了，看一場低級的歌舞表演，又能帶給我們什麼靈感，又能讓我們體驗出什麼式樣的人生歲月？或許只會徒增我們春情的激盪吧！因此，走在異鄉的土地上，我們感到前所未有的愜意和坦然。然而，令我們臉紅心悸的事隨即到來，當我們走到一條窄巷時，綠色的燈光下站著好幾位花枝招展的美女，我們竟然走在港都有名的花街柳巷而不自知，一聲聲嬌滴滴的「少年耶，入來坐啦」讓我們驚心驚命、落荒而逃。儘管那綠燈下有多少神女的辛酸淚，儘管能從裡面發掘出多少悲傷感人的故事，但在綠燈的映照下，我們始終少了戰地青年那份不怕死不怕難的英雄氣魄，額上冒的不是熱汗而是冷泉，只有你轉身、我回頭，沒有勇氣向前走！

特師畢業後，你回母校任教，以理論和實務相交融，展現你多方面的才華，深獲學子們的尊敬和愛戴。在一個細雨霏霏濃霧瀰漫的春季裡，你帶來一株小小的烏榕，幾片殘缺的靈芝，還有半顆曬乾的「虎膦脬」，訪我於景緻幽雅的太武山谷。你把烏榕和靈芝像藝術品般地擺放在我的辦公桌上，當春陽的金光映照在它光澤的葉脈時，更顯現出它如寶石般地璀燦奪目。而那半顆虎膦脬是你的親戚遠從南洋帶回來給你「食補」的。在傳統的觀念裡，依然守著「呷鞭補鞭」的舊思維。但我們聽說的、眼見的，無論藥用、燉食或泡酒，或許都是一些「狗鞭」、「牛鞭」、「鹿鞭」、「虎鞭」之類，似乎沒有聽過「狗脬」、「牛脬」、「鹿脬」、「虎脬」亦能讓「飫鬼」的人們「呷脬補脬」。

為了不辜負你的隆情美意，我依照你給我的藥單，配了一帖中藥，買了幾瓶酒，泡了一甕「虎脬酒」。然而，當虎脬酒泡成時，打開甕蓋，飄來的卻不是藥香和酒香，而是嗆鼻的尿騷味。因此，我又蓋緊了甕蓋，始終沒有勇氣來品嚐這甕能「補脬」的虎脬酒。直到有一天，我無意中在參謀官面前提起，這隻政戰部有名的「老豬哥」，雖然貴為上校，有家亦有眷，又是主任的遠房表親，卻為了貪圖一時的歡娛，顧不了梅毒會纏身、人格會淪喪，和特約茶室那位綽號叫「蓬萊米」的侍應生打得火熱，粘得緊緊的。或許是縱慾過度而腎虧，還是上了年紀力不從心，聽說我有一甕能補腎的虎脬酒，幾乎說盡了好話，拋棄了上校的尊嚴，為嚐試虎脬酒的威力和療效，不惜向我低頭哈腰。

雖然我對這甕虎脬酒沒有興趣，但卻不願意整甕送給這位人格有瑕疵的豬哥上校。起初我僅僅倒給他一小杯，並且告訴他說：虎脬酒雖然有尿騷味，但卻是有錢買不到的曠世珍饈，除了壯陽補腎外更能強身。坦白說，上校走遍大江南北，歷經無數戰役，過的橋比我們走的路多，他怎麼會輕率地聽我在「畫虎膦」。然而，為了「壯陽」，為了想多吃一口「蓬萊米」，他還是一口喝下那杯「虎脬酒」，至於「呷脬」是否真能「補脬」，抑或是喝後會有什麼特別的效果，似乎沒有聽他提起過。那甕虎脬酒在一次整理內務時，被傳令兵打破了，滿屋的尿騷味，嚇跑了我們那位醜而有潔癖的會計小姐。

光陰總是在不經意中溜走，友情卻隨著時間而滋長。在一個深秋的午後，你神色匆匆、神情凝重地再訪我於太武山谷，衛兵把你擋在武揚坑道口的東邊，當我接獲通知出去相迎時，你緊握我的手，彷彿能從我的手中握出一絲希望。原來你對學生的關愛和照顧竟遭人誤解，被一狀告上法庭，纏身的官司讓你喪神失志、寢食難安。於是我找了「軍法組」的軍法官為你寫答辯書，然而在那個戒嚴軍管時期，一份證據齊全、強而有力，由具有律師資格的軍法官書寫出來的答辯書，竟然比不上高官的一句話，以及社會人士的一點裙帶關係。它非但沒有還你清白，甚至還羅織罪名，用一隻卑鄙的手，強奪你用青春換取而來的教鞭。你無奈而悲傷地落下此生不易輕彈的淚水，對這塊曾經孕育你成長的土地感到失望，對戒嚴軍管時期的霸權感到絕望。然而，惡劣的環境與險惡的人心並沒有擊倒你，經過短時間的調適，你毅然地帶著老母和妻兒，離開這塊傷心的島嶼，遠赴異鄉重拾教鞭，展現你多方面的才華，步上生命中的另一個新境界。不久，我亦別離了孕育我成長的太武山谷，輟筆投身在社會這個大染缸裡，為五斗米折腰。從此我倆未曾謀面，也鮮少有書信聯繫，僅僅把這份友誼深深地隱藏在彼此的記憶裡。

二〇〇二年春分，你從教職退休後首次回到這塊島嶼，我們相會於木棉盛開的新市街道，你的談吐依然幽默文雅，容貌堂堂神采奕奕，只是頂上的髮絲略顯稀疏，額上多了幾條深深的溝渠。而殘存在我髮上的，它不是秋霜而是冬雪，你訝異地多看了它好幾眼，是看我蒼蒼的白髮？還是感歎人生歲月的蕩然？在相互交會的時光裡，我們沒有談詩論藝，亦未曾把話題延伸到文學，然我依稀感受到你的臉上，滿佈著一首首包容著喜怒哀樂的無言詩。它不是但丁的〈神曲〉亦非聶魯達〈愛的十四行〉，是生命中的「滄桑」和「喜悅」，是離鄉時的「悲傷」和「無奈」！我們沒有愉悅的歡笑，卻同時感染到爾時那份悽愴而悲涼的況味。

詩人，歲月的河流已湍急地流過我們生命中的海域，鮮紅的血液在每一條血管裡奔馳，但有一天勢必會乾涸、凝固。因此，你何不趁著黑夜的帷幔尚未放下，腦未昏、手未顫的時刻，用你那支銳利鋒芒的筆，為這塊貧瘠的文學園地，貢獻一份心力。難道浯鄉怡人的景緻，豐沛的人文內涵，依然喚不醒你沈睡中的詩魂，依然不能讓你的詩心蠕動？莫非你的根已移植到異鄉的土壤裡，不再懷念這方島嶼，不願與這片歷盡滄桑的土地有所牽連？雖然歲月已奪走我們的青春，但落葉總是要歸根，遠飛的候鳥亦想回到當初的窠巢，為何獨獨你要浪跡天涯，成為異鄉客？

今晚，新市里的夜空明月皎潔、星光閃爍，木棉樹下有我孤單的身影躑躅著。三十餘年的友情，猶如這風華褪盡、古老斑剝的街頭，教人不想念也難。如今，我們卻遙隔著一泓望無邊際的大海，一重重巨巖堆疊的山頭，不知何年何月，始能把思念之心化成一道美麗的長虹？不知何日何時，始能攜手同賞浯鄉燦爛的明月光？而此刻，君在異鄉的那一端，我在故鄉的這一頭，只好託請明月代問候……

二〇〇四年元月作品

以茶代酒敬詩人

詩人，今春你打從冷颼的故國回來，無視於寒風刺骨、旅途勞累，晤我於商機盡失、風華褪盡的新市街道。長而微曲的髮絲隨風飄逸，彷彿是一句句你在福州元宵節裡朗誦的詩歌。瘦削的臉龐神采奕奕，雪亮的雙眼炯炯有神，微戽的下巴充滿著自信，如此的影像，並非大師梵谷，倒像浯鄉詩人張國治。而那襲簇新的棉襖，頸上絲織的圍巾，更表露出一位藝術家迷人的風采。然而，讓我疑惑不解的是從你身上飄來的怎麼少了點男子氣，卻多了一份無名的野香？而這份香氣，並不能讓我的神情感到怡悅和舒暢，反而像患了過敏性鼻炎，不僅噴嚏連連，鼻水更像二道清流，讓我感受到生命中的鹹滋味。然你別繃緊神經，也無須憂慮，我未曾懷疑你在異鄉「留情」，所聞到的亦非是對岸的「野花香」，而是春寒沁人心脾的「詩香」。或許，你會滿意我作如此的詮釋吧！

我們沒有品嚐你從故國帶回來的「花雕」，卻痛飲十年前出廠的浯鄉「高粱」，好酒與好友共嚐是我一點小小的心意，但幾杯下肚，你已微醺，酒後吐真言是你的本性，聲音似乎愈來愈宏亮了，在激動時竟然多了些不太文雅的言詞，這並非是你與生俱來的特性，而是興奮之餘的率真。當我們的聲音在這滿佈書香的屋宇繚繞時，你突然地提起我們的朋友林君，冀望知道他的創作背景和一些鮮少人知的瑣事。身為林君三十餘年朋友的我，以及長久以來我們在文學上的互動和交集，想不據實相告也難。然而，在浯鄉的文學園地裡，林君未曾參加任何活動，始終保持謙遜低調的作風，因此，在廣大的讀者群中，知道他本名、筆名或其中之一者誠然有之，但全然不知者亦不在少數，他如行雲般地飄逸，若隱若現地在文學的邊陲地帶遊目騁懷。

林君祖居於東半島一個靠海的小村落，自小就能體恤父母的辛勞，經常地隨著年邁的雙親上山農耕或放牧，下海拾螺或採蚵，貧窮的家境把他鍛鍊成一個有血性、有良知的現時代青年。高中畢業後，在現實環境的逼迫下，不得不輟學出外謀生。然而，在戒嚴時期、戰地政務體制下，沒有高官顯赫與社會人士做後盾，想謀取一份工作並非易事，但他還是憑藉著自己的努力，考上由范秉真教授主導的「金門地區血絲蟲病五年防治計劃」，協助從事檢驗工作。暇時戮力自學，以他熱愛的文學書籍為閱讀對象，並經常在報刊雜誌發表作品，賺取微薄的稿費貼補家用。但這份工作並非是他真正的興趣，由於投稿的關係，在一個偶然的機緣裡，認識了時任《金門日報》社長繆綸先生，在繆先生的鼓勵下，參加報社新進人員考試、接受訓練，因此而改變他爾後的工作環境，也同時奠定他在文學上的根基。公餘除了閱讀外，更一心一意投入文學創作，除了就近向《正氣副刊》投稿外，國內的報刊雜誌，經常可見到他文筆流暢而充滿著鄉土色彩的散文作品。

詩人，我們都知道，二十幾年前的《中央副刊》，是國內投稿率最高，錄用率最低的刊物。在孫如陵先生認稿不認人、鐵面無私的主編下，首次以頭條刊載金門人作品的就是林君〈又是蚵肥時節〉。時隔二十餘年，我們依然能從他那誠摯、流暢而生動的文筆裡，尋找出一個捲著褲管，挑著竹籃，走一千多公尺蜿蜒泥灘小路，到泥沼及膝的蚵田裡採蚵的情景，以及在寒風烈日下，用一根小扁擔，一頭掛著書包，一頭掛著蚵桶到鎮上讀書兼賣蚵的少年。

一九八八年秋天，林君把發表在《中央副刊》、《自由副刊》、《民眾副刊》《新文藝月刊》以及《正氣副刊》的十六篇散文作品，以《拾血蚶的少年》為書名，交由台北「錦冠出版社」出版發行。他語重心長地說：「幸與不幸，很難有一個確切的認定；漫天烽火、硝煙彈雨間隙中苟命的童年歲月，雖然在生死邊緣掙扎，但是，比在昇平中的同齡孩子更擁有一份充實的鍛鍊機會，和串串值得回憶的片段。」短短的幾句話，道出一個創作者的辛酸淚，讀來令人動容。雖然這是他的第一本書，但何嘗不是一粒希望的文學種子，而種子是生命的延續，他是一顆孳舉新火傳承的種子。

在十六篇散文裡，彷彿讓我們看到十六個栩栩如生的故事，無論寫情寫景，無一不是出自他心靈的激盪，真情的流露。

在〈不說再見〉裡，他詮釋著一份即將遠去的愛情，「當我潦倒回家種田，妳願意無怨無悔地幫我下田播種；當我下海捕魚，妳願意在船邊幫我補網」，那無悔的諾言尚在耳邊繚繞，卻馬上要面臨某種無法超越和躲避的客觀因素，雖然他的心在滴血，但卻不能改變即將分手的命運，豈敢盼望和她再相依，只有默默地祝福她。最後卻以「命裡有時終須有，命裡無時莫強求；天若有情天亦老，月若無恨月長圓」來安慰自己，來結束這段感情。這是一個多麼純真、多麼可貴的愛情故事，惟有投入真摯的情感，方能書寫出如此美妙感人的作品。林君的〈不說再見〉的確讓人「想說再見」也難啊！

牛，是農人的朋友，農家的好幫手；農人與牛始終有一份難於割捨的情感。林君在〈牛〉裡寫著：「家裡沒有牛，父親的精神像失去了支柱，終日茶飯不思，恍恍惚惚地，做起事來都不起勁，他丟下田裡的工作，跑了好幾個村莊，才買到一頭小公牛，經過細心的照顧和嚴格的訓練，終於讓牠成為一條好耕牛。然而，那頭牛卻不幸被共軍的炮火擊斃，父親抱起牛頭，跪地痛哭——為牛不幸罹難而哭，為家中失去耕地的動力而哭！」或許，沒有從事過農耕的朋友，永遠不會瞭解農人與牛之間的關係。人與牛日夜相處，所衍生的已非牛靠人餵養，人靠牛耕作，而是農人與牛之間有密不可分的關係。在這世道蒼茫、人情冷暖的今天，人與牛之間的感情，或許要凌駕人與人之上，又有誰敢於否定這個事實。而今，隨著工業的發達，「鐵牛」已取代了耕牛，老農牽牛荷犁的情景，以及民曆上的春耕圖，已逐漸地從我們的記憶裡消失。

〈呼喚〉是呼喚一個永不回來的小牛命。儘管林君有足夠的經濟能力，不惜付出任何代價，但依舊換不回骨肉離散的悲痛。七個月的希望和喜悅，就像一場夢；夢醒了，親朋好友殷切期盼來臨的孩子，卻去到另外一個世界，在人間消失得無影無蹤。這是林君描寫他與愛妻的第一個愛情結晶，因早產而傷逝的感受，讀來不禁讓人同灑悲傷的淚水，也讓我們看到一個初為人父的身影，佇立在保育箱前，面對著在生死邊緣掙扎的女兒，卻不能給予一絲一毫的幫助，眼睜睜地看著她的呼吸愈來愈微弱；手腳蠕動愈來愈遲鈍，當醫生宣佈藥石罔效時，他的鼻頭不禁感到一陣酸楚，一串串滾燙的淚珠滑過雙頰，落滿衣襟的悲傷情景。讀完〈呼喚〉，的確讓我們深深地感受到，一個微小的生命從誕生到結束，僅在那短短的一瞬間，怎不讓他感受到生存與死亡間的虛無飄渺，以及難於捉摸和預料的世間事。

詩人，我們並非評論家，不能針對書中的篇章一一來剖析，只摘取其中不同題材的三個片段，做為讀後的感想。書中〈凌晨的淘米聲〉、〈新鞋與我〉……等，篇篇都是可讀性甚高的作品。我們看到在寒冬冰冷的清晨裡，一個傴僂著身子的年邁母親，正在淘米為子女們做早飯，以及父親賣菜回來，為他帶回一雙膠底鞋，但卻捨不得穿，只好一肩背著書包，一肩背著鞋子，走到校門口才把鞋了穿上，從此不會因打赤腳而被老師叫到升旗台上罰站的少年內心的獨白。雖然《拾血蚶的少年》已在市場上銷售一空，並已絕版，除了少數友人記憶猶新外，謙遜的朋友從不談起。倘若我們此刻不做一個簡短的闡述，老一輩的讀者或許早已忘了這本書的存在，新一代的朋友們，又有誰會瞭解到一位作家的創作歷程，隱含著多少不欲人知的辛酸淚。誠然，時光已走遠，今日的朋友已非昔日拾血蚶的少年，但在我們腦裡浮動的，依然是一個瀟灑而坦蕩的身影。即使無情的歲月催人老，但那深厚的友誼卻不變，無論他在職場多麼地風光煥發，或在文學上有多麼傲人的成就，他永遠是我們的朋友。

作家林文義先生在《拾血蚶的少年》序文裡曾經說：

「我看到『血蚶』這兩個字就想起那種剖開時鮮紅若血的貝殼。據說，金門以這種海鮮名聞四方，看到這本書的名字，不禁讓我發出會心的微笑，濃烈的島嶼氣息撲鼻而來。這樣的島嶼氣質，自然寫出來的散文充盈著島嶼風情。我翻開他的散文，感覺到內心湧漫而來的溫暖，這個寫作人是誠摯謙遜的，在金門島，安靜而自適的生活、創作，守著故鄉的家居、草木，終於拿出了他的第一本散文集。

文學本來就是反應時代、土地、人民。他的第一本書，就呈現這樣令人『放心』的穩健姿態，在在證明，昔日那個『拾血蚶的少年』已然成熟、長大，開始用他流暢有緻的文筆為自己的鄉土說話。」

林文義先生的一番話，除了點出一位作家的成長與創作歷程外，更讓我們為他爾時不凡的成就感到喜悅和驕傲。時隔十六年後的今天，因工作與職務的關係，雖然少有散文創作，但他卻以敏銳的觀察、優越的文學素養，寫了數百篇蘊含著人生哲理的方塊小品，近百篇文從字順、辭理可觀的社論。無論是島嶼文學與新聞論述的書寫，已達到爐火純青的境界，並非我們誇大其辭，只要詳加比較，作品就是最好的證明。雖然在職場上曾經遭遇到一些挫折，然而，他並不氣餒，更不向惡劣的環境低頭，憑著堅強的意志和信心，歷經二十餘年的慘澹歲月，終於遇到了伯樂，這何嘗不是他苦盡甘來的結果。在這酷寒冷颼的初春裡，詩人，且用我們那顆被烈酒燃燒過的熾熱之心，為朋友獻上永恆的祝福吧！

去年夏天，他因公到泉州參加旅遊節，試圖利用公餘之便，依據祖父生前的囑咐，到「泉州府東坑鄉東門外土牆厝」去尋根。然而，祖父所說的地名，是一百年前的舊名稱，不但年代久遠，且遭受戰亂的波及，時局的變動，泉州又是歷史古城，廣袤遼闊，觸目儘是櫛比鱗次的高樓，因此，沒人知道「東坑鄉」，也沒人聽過「土牆厝」。原鄉的時空已變、人事全非，無奈尋根的美夢不能如願，於是在感傷的同時，他重拾中斷許久的散文之筆，寫下〈原鄉路更遠〉一篇流露真情，充滿懷鄉情愁，令人涕零的散文佳作。由此可見，朋友的寶刀未老，文采依然，如果沒有爾時的苦學和歷練，又怎能寫出那麼感性的文章。

詩人，此刻我只能以簡陋之筆為朋友勾勒，讓你粗淺地認識他的輪廓，雖然我們不能更深一層去瞭解他的內心世界，但勢必能從他的作品獲取答案。但願來日你能為他畫像，把他端正的五官、亮麗的成就、非凡的一生，透過你不朽的筆來書寫、來描繪，為浯鄉的文學史留下一個完整的紀錄。雖然我們置身於文學的邊陲地帶，主流體系離我們很遠，但並不能減少我們對文學的熱愛，對這片土地的關懷。況且，青春歲月有盡時，黃昏暮色將來到，在短暫的人生旅途中，又有什麼可計較的，這是我們長久以來悟出的真理。

你微微地點點頭，輕啜了一口酒，是同意我的觀點，還是滿意我的敘述。當我們的眼神不經意地交會時，我的眼前彷彿有一個熟悉的身影在晃動，怎麼在我酒後滿佈血絲的眼裡、略顯模糊的腦中，愈來愈有〈戰爭的顏色〉，愈看愈有〈一只粗桶〉的古樸風味。我低聲地唸著：「也許我能寫一首詩／給你，在異鄉的秋月／在和平的城市／也許只是沒有斷句的哀傷／詩箋冷冷／醞釀少年記憶意象／成行文字也許譜不出／那年代巍峨／但是我謙卑寫給你／如同我一直守望著／你的輝煌」，是酒後的感傷，還是無名的因素，為什麼竟感染了詩人這份悲壯又悽然的況味？

放眼當今詩壇，你的詩不僅編入兩岸三地的選集，更譯成多國文字，深獲各界的肯定和好評。無論在海內、在海外，每當你啟齒朗誦時，那含磁的音色、豐富的感情，無與倫比的表情張力和肢體語言，莫不引起廣大讀者熱烈的回響和共鳴。你英文造詣之深，也讓人刮目相看，聽寫講演更是隨心所欲，不但能即席朗誦自己的作品，無論文辭做任何的轉換，依然能保持詩中原始的風貌，依然能朗誦出詩中幽美的意涵。當韓國詩人金良植以英文和台北的詩友交談或朗誦時，你義不容辭為她做翻譯，讓出身梨花大學外文系的詩人倍加讚揚，這是我們深以為傲的。相信爾後的你不只是金門詩人、台灣詩人、中國詩人，亦是國際詩人！因為你有宏觀的視野，異於常人的思維，豐富的情感和學識，更能忍受凡人難以忍受的孤單和寂寞。

我們平分了大半瓶高粱，從你身上飄來的已不是初時的「野香」而是此時的「酒香」。然則，你卻能從繚繞的酒香中獲得靈感，隨想手扎密密麻麻地記載著你從酒中悟出的詩句。是源自故國的情景，還是浯鄉的星空？是內心的頓悟，還是酒酣時的感觸？你寫下一行又一行，朗誦一段復一段，流露在臉龐的猶如風中緋櫻，讓我感到沈悶中的歡愉。而我已不勝酒力，美酒滿杯置一旁，想一口乾下已不能，任時光走遠、任歲月蹉跎，且容我以茶代酒敬詩人……

二〇〇四年二月作品

霧鎖浯鄉

詩人，時序驚蟄過後就是春分，清明的腳步也愈來愈近了，門外的木棉已吐出了新蕊，只要經過春風的吹拂，春雨的滋潤，勢必就能綻放出一朵朵美麗嫣紅的花朵，為這冷清的新市街頭增添一些怡然的色彩。而現時，浯鄉正瀰漫著一層白茫茫的霧氛，太武山巒的岩石和林木，已全然地被它隔絕在我們的視線裡。港灣的漁船不敢貿然地出海，機場的候機室空無一人，航警輕撫腰間的佩槍，在走道上來回躑躅，排班的計程車司機正無聊地談論著連宋和陳呂。遠處的濤聲清晰可聽，卻望不見近海的水影，無論多麼新穎的導航設備，依然不能與這惱人的濃霧相抗衡。儘管它是仙山、聖地、英雄島，但有些美夢卻難以實現。

今天，我們不談你〈幸福〉詩中的小婦人，對「美」的認定也必須另做詮釋，因為你離她已漸行漸遠，再也品不出初識時的那份美感，甚至已否定這份美的存在。人，的確是不可思議的，往往會在一念之差，或貪圖一時的歡愉，做出許多不能彌補的憾事，幸而你能即時覺醒，始免惹上一身腥。別忘了聲譽是一點一滴累積而成的，需要花費多少心血、付出多少代價，方能獲得如此的一點小聲名。倘若不善加珍惜，一味地想追求非分的心靈快感，虛偽的假面一旦被拆穿了，還有何格與人談「美」，這是我們必須深思也要引以為戒的。

從你的言談中，你對近年來的《浯江副刊》做了高度的肯定，它不僅讓長久致力於邊陲文學創作的作家有一個發表的園地，更提供版面，開闢專欄，把逐漸被淡忘的島嶼歷史、戰地史蹟、民情風俗、地方傳說又一幕幕、活生生地呈現在讀者的面前。然而，它並非在揭歷史的瘡疤，亦非走回頭路，而是讓新生代的青年朋友，更深一層去體會戰爭的恐懼和無情，回顧歷史的可貴和滄桑，瞭解家鄉的民情和俗諺，充分發揮一份地方報刊的特色。更難能可貴是讓潛伏許久的老作家重拾舊筆，以他們豐富的人生閱歷與創作經驗，寫出這塊土地的壯麗和悲傷，寫出島民的喜樂和哀愁。放眼國內外，多少詩人、作家、藝術家從這塊不起眼的園地做為起跑點，以這方島嶼做為創作的題材、書寫的對象，但大師們在功成名就的今天，已全然忘了這塊園地！幸而，歷任主編都有只問耕耘不問收穫的共識，培養本土作家更是義不容辭的事。近幾年來，我們也喜見浯鄉寫作人才倍蓰而出，書寫的層面不僅寬廣，創作的水準也不斷地提昇，這是值得我們興奮的！

在〈炮火餘生錄〉裡，我們不僅親眼目睹八二三、六一七兩次炮戰悲傷恐懼的情景，它也是生長在這方島嶼的居民最沉痛的記憶。無論是死傷的鄉親和家畜，無論是倒塌的屋宇或被摧毀的田園，作者莫不懷抱著一顆虔誠的心、沉重的筆，把歷經過的每一個片段書寫成章，為歷史做見證，為我們的子子孫孫留下一個永恆的回憶。雖然，兩岸的軍事已不再對峙，人民也開始互動，小三通的船隻亦已啟航，遠嫁而來的大陸新娘不勝枚舉，和平已是指日可望，但那疼痛的歷史傷口卻難以癒合，如果以時代的悲劇來形容，似乎也並不為過。然而，在撫慰傷痕的同時，我們不但要從歷史中學到教訓，也要學習包容，更要熱愛這片曾經被蹂躪過的土地。但願戰爭不要在這方島嶼上發生，和平的旗幟永遠在太武山頭飄揚。或許，這才是島民共同的願望吧！

　　多少我們熟悉又被淡忘的陳年往事，又一一地浮現在〈金門憶往〉的專欄裡。作者們莫不懷抱著一顆真情率直的心，寫出對這塊土地的感懷。不可否認地，凡走過的必須留下痕跡，多少往事值得我們回憶，多少往事值得我們追念，一篇篇充滿溫馨而感人肺腑的作品，無論寫情寫景或人事物，都彷彿讓我們回復到舊有的時光隧道。與其深藏在自己的內心裡，何不書寫出來與讀者們共享，或許，這也是編者花費心思，開闢這個專欄的最大主因吧。從眾多作者的名字中，有曾經在這塊小島上服役的戰士，有曾經從大陸撤退、駐守金門，而後退役在台灣落地生根的老戰友，有我們老、中、青三代的鄉親。從他們流暢而生動的文筆裡，我們不僅看到故鄉爾時的原始風貌，更勾起我們無限的回憶。展現在我們面前的，似乎是一篇篇動人的故事，一首首感人的詩歌。

老一輩朗朗上口的俗諺俗語，已逐漸地不受E世代朋友們的青睞。他們不僅說不出口，更如鴨子聽雷似地不知所云，全然忘了它是先民遺留下來的生活體驗和智慧結晶。如此代代相傳，或許已有數百年的歷史脈絡，倘若不加以保存和傳承，這些寶貴的文化遺產，勢必要隨著歲月的更迭而消失得無影無蹤。因此，我們肯定〈咱的俗語話〉這個專欄，在鄉土語言普受重視的今天，必能發揮它既有的功能，為即將失落的俗諺俗語做傳承的工作。雖然部份文字尚無一套標準的字形字體，但卻能以同音字來取代，鄉親只要稍加想像，必能瞭解話中的含意，這是不爭的事實。然而，在這個專欄裡，刊出的作品並不多，也讓我們深切地感受到，看似簡單的俗語話，如果沒有深入它的意境，去詳加意會和琢磨，書寫成文則不易，這似乎也是許多作者不敢貿然下筆的主因。我們要誠摯地呼籲，冀望島嶼上的鄉紳賢士、旅外鄉親以及浯江副刊的作者們，能以愛鄉愛土之情，同心來耕耘這個專欄，讓咱的俗語話永續流傳，讓我們的子子孫孫都能朗朗上口，以我們的母語為榮。

詩人，中國人講感情，金門人更是重情重義，曾經有人做過如此的詮釋，但隨著社會的變遷，價值觀的差異，似乎讓人打了折扣。在短暫而坎坷的人生旅途裡，每個人的際遇和身處的環境，都有不盡然相同之處。因而，除了養育我們的父母恩外，一旦投身在社會這個大染缸裡，首先要面對的必是週遭的人們，當我們的工作不順遂，事業遭遇到挫折時，是誰願意在這浮浮沉沉的大千世界拉我們一把，是誰願意在黑夜裡為我們提燈，引領著我們走上光明的人生大道？倘若不是我們的親人和友人，必是我們的師長和同僚。在為數不少〈感恩的故事〉裡，我們不僅看到親情的呼喚、友情的流露，也看到許許多多相互扶持、相互提攜、相互照顧的精彩篇章。雖然我們身處在一個現實而不完美的社會，但當我們讀完這些感人的故事後，內心不約而同地浮起一絲喜悅，畢竟人間處處有溫暖，社會亦有祥和的一面，在短暫的人生歲月裡，值得我們感恩的人不知凡幾。

〈地方傳說〉是共用專欄裡較弱的一環，儘管每個村落都有著一些虛虛實實的傳聞，無論是靈異或人物，似乎聽老一輩說故事的人多，真正能明瞭其意境者少。或許是基於它是一些虛實不一的傳說，較難取信於讀者，有些則是對於傳說中的人事物有所顧忌和考量，因而，以此為主題來書寫的作者並不熱絡。其實〈地方傳說〉不僅是鄉土民情的反映，也代表著一個時代的特殊風格，在無情歲月的腐蝕下，老一輩的鄉賢父老已逐漸地凋零，倘若不趁著他們尚在人間的此時，去探詢、整理、紀錄和傳承，這些珍貴的資料，勢必會從我們的記憶中流失，後代子孫將永遠聽不到自己家鄉的傳聞軼事。

在「個人專欄」方面，我們一直有一個共同的看法，它開闢的單元似嫌過多。然當我們細心閱讀後，卻能從其中品出不同風格和特色的作品，書寫的層面雖然包羅萬象，但多數都與這片土地息息相關，這是值得安慰與慶幸的事。畢竟，有勇氣開闢「專欄」的作者，個個都是「學識超人」、「學養俱佳」的浯鄉菁英。所謂沒有三兩三不敢上梁山，主編慧眼識英雄，的確令人敬佩。然而，站在一個忠實讀者的立場而言，我們也發現到，某些個人專欄在刊出幾篇後，後續的作品則略顯鬆懈，不僅沒有當初創作時的嚴謹，更沒有針對主題深入探討，發揮它既有的功能，如此之書寫，和一般散文並無差異，已失去「專欄」的意義。

坦白說，倘若缺少「專欄作家」該具備的學識和素養，貿然地接受「個人專欄」的開闢，而後又不用心去書寫，如此的「專欄」確實會讓讀者感到失望。雖然它只是一份地方報，但每天卻有數以千計的海內外鄉親、讀者在閱讀，由不得作者「畫虎膦」。既然有勇氣接受主編的隆情盛意，就必須全力以赴，把它發揮得淋漓盡致，除了要言之有物外，更要讓讀者意會到整篇作品欲表達的意象是什麼，而非只用文字來充數、來堆疊就叫「專欄」，這是某些喜歡「畫虎膦」的「專欄作家」必須自我鞭策和省思的。別忘了，讀者的眼睛永遠是雪亮的，騙得了自己，卻騙不過他們。當然，對於多數用心在書寫的「專欄作家」們，我們也必須給予高度的肯定和掌聲。畢竟，真金不怕火煉！

繼而地，我們要以一顆誠摯之心，來忠告那些闢了專欄又「後繼無力」的朋友們。我們的老朋友謝輝煌，寫詩、寫散文、寫評論近六十年，發表在國內外報刊的作品少說也有數百萬言、數百首詩。然而，當我轉述主編要請他開闢個人專欄時，他回應我短短的七個字：「我哪有這個本事」，我深知老朋友謙虛，以他豐富的學識、敏銳的思維、廣博的見聞，以及軍旅與社會雙重的歷練，別說是一份地方報，在國內大報上開闢專欄也非難事，但他卻再三地謙讓，願意把機會讓給青年朋友們。然而，我們也清楚地看到，在個人專欄裡，有部分作者從「每週一篇」變成「每月一篇」，又從「每月一篇」成為「每季一篇」，而後消聲匿跡，不見蹤影。不管他們以何種理由做藉口或推托，如此的「虎頭老鼠尾」，的確讓人不敢苟同。但願他們能重新出發，趕緊歸隊，別忘了主編對他們的禮遇，讀者對他們的期許。

詩人，有道是「愛之深責之切」，或許，我們的談論會引起某些人的不快，尤其是「現代人」，他們喜歡聽信「美麗的謊言」，對於「忠言」勢必感到「逆耳」。幸好，我們已事先表明自身的立場，只有善意的期勉，沒有惡意的批評，誰願意對號入座，是他們的自由。然而，在這個過於自由的社會裡，卻也讓我們倍感憂心，因為人們不僅擁有「說謊」的自由，相對地也有聽信「謊言」的自由。如此的「謊」來「謊」去，最後受傷的必是無知的人們。君不見，聽多了「美麗的謊言」必然會造成「美麗的錯誤」，這是人們所疏於分析的！

此刻，微風夾著霧絲緩緩地吹過木棉的樹梢，光禿的枝椏微微地晃動著，在濃霧茫茫的瀰漫下，我驟然看見一朵早開的木棉花在眾多的蓓蕾中綻放。它雖然沒有盛開時的嫣紅，卻能率先展現迷人的丰姿，鶴立在樹梢的末端，讓沒有綠葉襯托的枝頭，徒增一份艷麗的色彩。如此怡人的景象，惟有在這幽雅的木棉道上，始能品出它清新脫俗的意境，感受生命中的豐盈。倘若你未曾親歷其境，勢必不能意會到霧中那份朦朧的美，又何能把它書寫在自己的詩頁裡。

詩人，如果風向不變，陽光不露臉，這場霧是不會那麼快散去的。它依然深深地鎖住浯鄉的山頭和原野，讓春的氣息盡情地在這方島嶼上奔放。然而，當白茫茫的霧氛化成綿綿春雨時，木棉樹上的蓓蕾，在它縱橫雜出的杈枒上，始將綻放出一朵朵嬌艷的花朵。而此刻，我心中卻能率先感應到：它美麗的姿色，誠如情竇初開的少女；嫣紅的薄紗，是六月裡的新娘。屆時我將邀你來共賞，同在木棉道上寫詩或歡唱……

二〇〇四年三月作品

春寒三月

詩人，昨夜雷聲隆隆，窗外大雨傾盆，在雷電交加、風雨交織的夜裡，彷彿讓沈睡中的春在驟然間甦醒。

今晨一覺醒來，雷聲已不再，雨也停了，只見大地一片蒼茫，飄落在臉龐的不是雨絲而是霧氛。濕淥淥的草地上冒出許多翠綠的新芽，木棉的蓓蕾也綻放出嫣紅的花朵，這何嘗不是入春以來最富有春意的時刻。然而，在這個百花齊放、春意撩人的季節，竟不能帶給你豐沛的創作靈感，繼續未完成的詩章。只聞你臉上滿佈著落寞和無奈，心中泛起淡淡的憂愁，在風雨中靜坐，聆聽政客們口沫橫飛的演講。

雖然大選已落幕，但你卻得了選舉症候群，不僅飽受前所未有的苦楚，也憂心整個社會的不安和亂象，或許，這是一個知識份子內心自然的反應吧。然而，政治之污濁與奧妙，不是凡人所能理解的。當選戰的鼓聲響起，一場拚生拚死的殊死戰已然開始，任何可用之招數盡出，其高潮迭起的情節，彷彿讓我們置身在武俠戲劇中。今兒，戲雖已落幕，觀眾卻不願離去，是留戀劇中的人物和情節，還是另有他意？政治和文學本是二個截然不同的體系，身為局外人的我，又有何格來論斷它的是非。

或許有一天，當我們看透了政治，認清政客的真面目，必然會從熾熱轉為冷卻，由希望變成失望，更會因爾時的懵然感到可笑。不管政治是否高明的騙術，政客的「勢利」與「現實」卻是眾所皆知。他想利用你時是「理所當然」，你有求於他時則「推三阻四」。因此，我始終不明白，一向對政治冷感的你，何以會讓選舉的火花，快速地燃燒著你的智慧？難道你看不出社會已沉淪、民主已墮落、族群已撕裂。倘若你真的憂國憂民，為何不把冰冷的思維化成綿密的靈感，將這些情景反映在自己的作品上。雖然我無權針對你的觀點而置喙，但別忘了文學對社會的影響，或許能超越時空、超越現實，更凌駕於政治之上，這何嘗不是詩人你責無旁貸的歷史使命？

實不相瞞，在戒嚴軍管時期，因職務的關係，我於一九六七年即加入「國民黨」，倘如沒有中斷，黨齡迄今已近四十年。在黨務系統裡，曾經當選過「金揚政區黨部」（金防部政戰部）委員，「金一德區分部」（政三、四、五組，福利站，電影隊）委員，更擔任過好幾年的「書記」和「小組長」。離職回歸到商場後，我並不想靠「政黨」的關係來經營生意，亦未曾想過要以「忠黨」來當選「模範商人」，因而一直未向地方黨部報到，也沒有重新登記的意願。如今已道道地地成為一個無黨無派的自由思想者，讓我感到無比的愜意；因為再也不必受到「黨」的約束和牽絆，每當選舉時，更毋需替那些政客們搖旗吶喊。所謂：「無黨真清爽」，或許，它的可貴處就在這裡。

然而，滿頭蒼蒼白髮，經常被笑稱是「民進黨」員。或許是眾家朋友看到民進黨的尤清、盧修一、姚嘉文、林豐喜……等諸委員先生們都有一頭雪白的華髮，就一併地把我歸納成他們的同志吧。不管朋友們是「抬舉」還是「訕笑」，我從不在乎也未曾去計較。蓋因我只是一介草民、人世間的凡夫俗子，豈敢與民進黨那些「菁英」或「大老」相提並論。朋友間開開玩笑倒也無傷大雅，如果真要把我歸類，那勢必是我心中難於承受之重。

坦白說，無論是「國民黨」、「親民黨」、「民進黨」或「新黨」，都有我認識的友人；甚至兩岸開始互動後，來訪的文化界朋友，誰敢保證其中沒有「共產黨」員。雖然熟識各黨，但卻坦蕩蕩地，沒有利用政黨的關係來妝點自己。況且，文學憑藉的是自我的才學，與政黨屬性、政治立場毫無關聯，這也是我長久以來悟出的真理。因此，在這個春光明媚的季節裡，且讓我們多點文學，少點政治。與其把時間浪費在那些激情的聲浪裡，何不冷靜思考，回到文學創作的步道上，用我們的筆歌頌這方土地的雄偉，用我們的心禮讚這片土地的芬芳，這才是我們該選擇的方向。

寫完《烽火兒女情》，我的思維彷彿還停滯在書中的情景裡，何日始能逃脫出它的框架，重新思考另一部作品的誕生，依然是一個未知數。曾經信心滿滿地要在木棉花開時動筆，在木棉花落時完成。但「說」與「寫」常處在二個不同的極端；說來容易寫來難，似乎也是人們常見的通病。有些人信誓旦旦地要寫「東」，有些人老神在在地想寫「西」，最後是什麼「東西」也沒有寫成。今日之我是否也患了同樣的禁忌，還是暫時的歇腳是為了走更遠的路？如果真能心口合一，那便是率真；倘若不能，勢必淪為吹牛。尤其在這個充滿著虛偽的社會，「膨風水雞」處處可見，蓋天蓋地、蓋人蓋神的「蓋仙」不勝枚舉，靠著一張嘴遊走四方的「鳥雞仔仙」更是不可勝數，這或者就是所謂人生百態吧！

詩人，拋開那些充滿著意識形態的政治議題以及人性的醜陋面，我們的心方能更坦然地來面對遼闊的原野，惟有這片土地才是我們急欲尋求的本源。它不與世俗爭名，不與繁花爭艷，無怨無悔地奉獻著自己，默默地守護著這個小小的島嶼，讓長久蟄居於島上的人們世代交替、繁衍子孫。但有誰會感念它的付出和貢獻？又有誰能體恤到它正不斷地遭受人類的踐踏和破壞？從岩石到林木，從水源到泥土，沒有一處不遭受狼吻，沒有一方不受到魔掌的蹂躪。人類美其名謂建設，但若沒有自然的景觀，何能凸顯島嶼的特色？再高的樓房，也比不上低矮的古厝；再美的霓虹燈，也閃爍不出螢火蟲的光芒。如果能保有先人遺留下來的原始風貌，勢必能重現它古樸的風華，好與新世代的景緻相輝映！

此刻，我越過冷清的新市街道，佇立在濃霧瀰漫的木棉樹下，沐浴在淡淡三月的春風裡，與你靜坐在細雨輕飄、人聲吵雜的廣場上，是二個不同的景象。你有你的訴求，我卻在木棉樹下尋找創作的靈感，雖然在文學的互動上有志一同，但對於政治的看法卻是南轅北轍。你近乎「熱中」，我偏向「冷漠」；你有你最終目的，我有我追求的方向，這也是長久以來共同的領悟，勢必不會減少我們數十年來誠摯深厚的友誼吧！

陣陣春風迎面而來，吹亂我雪霜加頂的髮絲，飄落在木棉花瓣的霧氛已凝聚成圓滾的水珠，滴在我滿佈溝渠的面龐倍感清涼。今年的春雨雖然來得晚，但那無情的春光卻一去不復返，獨留一個老人的身影在木棉道上遊蕩。然而，我毫無怨尤，願那柔和的微風、綿綿的細雨，能激厲我沈寂多時的腦海，為三十餘年的文學之路，平添幾分色彩。倘然不能如願，是否意味著我文學生命中的泉源已枯竭，再也湧不出一泓清泉。

小島的三月天常被濃霧所深鎖，遠方依然是白茫茫的一片，與冷颼的街景相交織，倒也有幾分悽涼的美。是否因此而觸動我書寫此文的原委，還是在霧中的木棉道上有感而發，我不想急於尋求答案，一切就順應自然吧。然而，每當木棉花綻放在它的枝椏時，內心更盈滿著難於言喻的欣慰。多少作品由它嫣紅的花朵裡衍生，多少行人在它美麗的花蕊下頓足停留，任憑花落時，亦可見它繁茂的綠葉在風中飄動，彷彿是一隻隻綠色的彩蝶，在木棉的杈枒上飛舞。

誠然，我不能為門外的木棉花做更多的讚美和詮釋。再美的花朵、再美的意境，也必須擁有一顆賞美的心。倘如用世俗的眼光來品賞，它只不過是百花群中的一種，即使它燦爛奪目、嫵媚嬌艷，但短暫的生命卻令人惋惜。當樹上的繁花凋落，茂盛的綠葉隨即取代它的風華，庸俗的人們又能品出什麼式樣的美感？然而，在你滿佈詩意的眼中則不然。那年春天，你懷著怡悅的心情，踏著輕盈的腳步，訪我於商機鼎盛、人如潮湧的新市里，我們在木棉道上同賞花開時的喜悅。你取出相機，轉動光圈、對準焦距、按下快門，捕捉枝椏上一串紅黃相間的花朵，為我《木棉花落花又開》的文集，設計出一幅高雅脫俗的封面。那栩栩如生的木棉花艷麗依然，歧出的枒杈充滿著美感，讓那本平庸的文集，充滿著令人嘆為觀止的藝術氣氛。

詩人，寒冬過後又逢春，時光總在不經意間溜走，木棉年年花開花又落，青青綠葉亦有焦黃時，生命中的青春年華已被黃昏暮色所取代，徒留一個美麗的回憶在人間。而此時，我們內心裡，是盈滿著花開時的歡心，還是花落時的無奈？是綠意盎然時的怡悅，還是枯萎飄零時的感傷？且讓我們衷心來守侯，明春燕子捎給我們的答案……。

二〇〇四年四月作品

烽火的圖騰與禁忌

——試論黃振良的《金門戰地史蹟》

沒有歷經過戰爭的人，不知戰爭的恐怖。沒有在戰地政務體制下生活過的人，何能領會到島民內心的痛。雖然作者所欲表達的意象不在此，他只是站在一位文史工作者的立場和角度，跳脫史料的引述，從民間的訪談與觀察，以及親身體驗、小心求證的結果；用鏡頭、用文字，留下彌足珍貴的文史供後人閱讀和參考，也同時為走過烽火歲月的島嶼做見證。或許，這才是作者編撰這本書的原委和初衷。

不可否認的，實施近四十年的戰地政務，在島民長久的期盼下，終於宣告終止；居民真正享受到前所未有的自由。相對於軍管時期、戰地政務體制下，「自由」二字離他們很遠，他們背負著「戰地」的包袱，肩挑著「前線」的重擔，單行法壓彎了他們的腰，戰備米的黃麴毒素奪走了無數的性命。然而為了先民留下的這片土地和田園，為了不願流浪異鄉成為一片無根的浮萍，他們忍氣吞聲，承受著心靈與肉體的雙重煎熬。

憲法規定人民有居住的自由，對他們來說是不存在的，無辜的島民只能夠在鐵絲網下、在雷區裡求生存。從「五戶聯保」、「留宿條」、「流動戶口」、「烈嶼往返同意書」、「台灣金門往返許可證」到「蠔民證」、「灘民證」、「漁民證」、「夜間通行證」……等，一個家庭擁有十證八證者並不稀奇。因為這裡是戰地、是前線、是反攻大陸的跳板，是保衛台澎不沉的戰艦！為了安全，為了防止敵人的滲透，不得不設限來防堵，不得不懷疑他們的忠貞。因而在發證之前，少不了要經過一番安全查核，通過後再造冊列管，最後始能蓋章領證。甚至「穿衣」要管制、「燈火」要管制、「路線」要管制、「汽機車」要管制、「照相機」要管制、「收音機」要管制……；竟連印著國父孫中山肖像的鈔票也要管制。除了「限金門地區通用」外，一般居民匯款到台灣也有一定的限額，商家向台灣採購貨物，其貨款則必須向財糧科申請匯款單，始能全額匯出。生長在這方島嶼的居民，的確是中華民國的次等國民。雖覺可悲，但也無奈。

或許，在那個高喊著：「一年準備、二年反攻、三年掃蕩、五年成功」充滿著美夢的時代裡，島民能體會當權者的心態。然而，一旦接到集合通知，他們必須放下田裡的工作，管不了放牧的牛羊和家禽，管不了家中的妻小和老幼，自備簡單的糧食，在限定的時間內，在炮火或烈日下，參與搶灘和運補、參與訓練和演習，倘若有所疏失，必以軍法大刑來伺候，「人權」二字對他們來說是陌生的。多少無辜的島民被送到軍中私設的「明德班」管訓，或移送到太武山谷的「軍事看守所」坐牢。他們並非流氓或地痞，更沒有犯下滔天大罪；倘若說有，那只不過是玩玩紙牌，排遣長久壓抑的寂寞；或是閒聊時說幾句牢騷話，抑或是查戶口時，被查到一雙軍用布鞋或一罐軍用魚肉罐頭；這些芝麻蒜皮小事，終究還是逃不過那些安全人員的眼線。他們在明德班所受的折磨，在軍事看守所所受的苦難，只有身歷其境者，始能領會到它的苦楚。

不錯，有戰爭就有和平，有破壞就有建設，遭受攻擊就懂得防禦。居民雖然受到不平等的待遇，但自從兩岸軍事逐漸地和緩，無情的炮火不再蹂躪這塊島嶼，駐守在島上的十萬大軍，的確是為它帶來不少商機；居民的生活顯然地有了重大的改善，島上的建設有目共睹。從造林鋪路、擴建機場、濬深港灣、慈湖築堤、太湖疏濬、榮湖圍堵；重闢榕園和中山林、建造東美亭、經國紀念館、俞大維紀念館、八二三紀念館……等等；企圖把金門塑造成一座中外皆知的海上公園。這些傲人的成績，不得不歸功於戍守在這方島嶼的國軍弟兄們。

然而，為了要讓這些二年始可輪調或退伍的官兵，在精神上有所寄託，在身心上能得到慰藉，幾乎每個師或海空指部，都設有文康中心。除了電影院、百貨、冰果、撞球外，金防部也在各地中心點，設立「官兵特約茶室」，甚至偏遠的離島也派遣侍應生做不定期的巡迴服務，慈湖築堤施工期間，也臨時租用民房，在安岐設立「機動茶室」讓日夜趕工的官兵，能紓解一下壓抑的性。同時也在金城總室開放設立「社會部」，讓無眷的公教員工有一個發洩的地方。特約茶室的設立，除了解決十萬大軍的性需求外，無形中也減少了許多軍民之間的感情糾紛，這是值得肯定的地方。

在休閒方面，每月由各單位遴選優秀官兵到位於成功村的「官兵休假中心」休假一週。除了欣賞電影、藝工隊演出、參觀金門各景點，其三餐伙食也是一般部隊所享受不到的。每三個月再遴選一梯次的「前線有功官兵」接受國防部的表揚以及軍人之友社的招待和總長的歡宴。在十天假期裡，軍人之友社會派遣專車和服務小姐，讓這些來自前線的有功官兵，遊覽台灣的名勝古蹟。官兵一旦被遴選上，其興奮的程度不言可喻。時值筆者服務於金防部政五組，雖然承辦的是「福利」，但「民運」、「康樂」、「造林」、「戰地政務」、「慰勞慰問」……等，都屬政五組的業務範圍。攸關這部份，該書涉獵和著墨的章節不少，故而略做一點小小的闡述和補充。

綜觀上述，它或許只是《金門戰地史蹟》裡的一些片段，但何嘗不是生長在這方島嶼的每一位人們最熟悉的一環？然而，作者以十三萬言的文字配上三百餘張圖片來詮釋這本書，但自始至終沒有用一句激烈的言辭來批判時政、或對現實有所不滿；僅僅以一個文史工作者的誠實態度，來紀錄這份戰後遺留下來的史蹟。或許，每個人對人世滄桑都會有一份同情和關懷，身為一個早期的作家、現在的文史工作者，他的感受勢必比其他人還強烈。因此，他花費了很長的一段時間，到處訪談、蒐集資料，每一個章節更以影像來彰顯它的真實感；而後詳詳細細記下每一個片段，並以五十五個「註」來引證它的出處，絲毫沒有掠奪他人之作據為己有之差池行為，這是一個文史工作者「文字誠實」的可貴處，亦是作者文品與人品相互映輝的展現。

除了五十年戰地歲月的陳述和記錄，作者更將文史工作者的觸角，向前延伸到明清時期的金門，讓讀者從金門歷史看金門的今日，進而期許金門的未來。烽火歲月裡，金門人苦於兵禍，承平的年代，又心悸於來自內地和海上的盜寇，就如同現代金門一般，駐軍的增加可以帶來百姓的收入，卻必須生活在戰爭的恐懼中；等到和平的日子來到，卻又得面臨駐軍減少為民生帶來衝擊，難道這就是小島子民的宿命？

倘若以文學的觀點來說，顯然地，《金門戰地史蹟》除了是一部涪鄉文史外，更有報導文學的磅礡氣勢。作者從文學的路途走來，曾經在報刊雜誌發表無數的散文和小說。筆者在三十餘年前評論他的散文〈溪流的懷念〉時，曾經引用約翰，科克德對早熟的天才作家拉提葛下過如此的評語：「他是屬於嚴肅的種族，用不著等待歲月的成熟，就以渾身的智能燦爛地開花結果。」三十餘年後的今天，重提這句話的用意明朗，足見爾時的我並沒有引用錯誤。雖然他由文學創作者轉換成文史工作者，然他並沒有放棄對文學的熱衷。

在寫完《金門古式農具探尋》以及《金門民生器物》二本鄉土文獻後，幾趟祖國行，卻毫不考慮地放下另一部文史資料的蒐集。以他清新細膩、節奏明快的生花妙筆，以及豐富的想像力，在短短的幾個月內，寫出《掬一把黃河土》一本讓人印象深刻、生動流暢的散文集。然而，在過去的時光裡，他歷經過艱辛苦楚的農耕歲月，親眼目睹漫天的烽火和硝煙，親身體驗到社會的變遷和世道的莽蒼，卻始終不願以這些珍貴的題材，經營成一篇有血有淚的大河小說。誠然構成小說的要件繁瑣，但惟有像作者如此熱誠、真實、下筆嚴謹的文史工作者，方有資格、有能力、來寫下此一篇章。

總的說來，《金門戰地史蹟》是一本文學與文史相互交融和結合的作品，無論讀者從任何一個角度來閱讀，必能從其中獲得讀後的快感，更能領會到一個文史工作者所付出的心血和代價；進而再從他的每一個章節，看到金門戰地的原始面貌。從早期或近代，從反攻備戰到後勤補給；從海岸工事到陸空防禦，從自衛民防到軍事管制；從官兵休閒到紀念性建築，還有幾乎被人遺忘了的聚落、地名的更改，書裡都做了最完美的詮釋。作者為這塊曾經被戰火摧殘過的島嶼，留下的不僅僅是十三萬言的文字和三百餘張圖片。他最終目的是讓讀者更深一層地去瞭解、去體會、去包容、去寬恕在這個島上所發生過的每一件事，也同時為那個悲傷苦楚的年代做見證。

此時，兩岸的軍事已不再對峙，疼痛的歷史傷口也逐漸地癒合，戰爭已遠離這個小小的島嶼，兩岸人民已開始互動，小三通的船隻也已啟航。做為一個文史工作者，更應秉持千秋之筆，運用父母賜予的智慧，寫下不朽的篇章，把它記錄在浯鄉的文史上。為這片土地盡職、為時代盡責、為永恆的歷史做見證；用筆完成時代使命和歷史任務。

今春應邀擔任贊助鄉土文獻評審，在讀完《金門戰地史蹟》這本書的初稿時，我在評審意見欄裡寫下：「從歷史的回顧，到成長的軌跡，作者以嚴謹的筆調，優美的文辭來闡述即將被遺忘的金門戰地史蹟。文中見解卓越、引證廣博、段落分明、結構嚴密、圖文並茂，為不可多得的文史佳作。」今天我以這短短的幾句評語，做為本文的結束，似乎並無不妥之處。相信這本書的出版，必定能在文壇上生生不息、久遠流傳；也是二００四年預定在浯鄉召開的「國際島嶼會議」不可或缺的史蹟導覽。它足可讓與會的國際人士和兩岸三地的同胞，更深一層地去瞭解金門文化的特色、傳統聚落和古厝的風華，以及戰爭遺留下來的歷史痕跡。

二〇〇三年六月作品

走過烽火歲月的「金門特約茶室」

金門軍方所屬的特約茶室，已完成「調劑官兵身心健康，解決官兵性需求」的「神聖」使命，隨著時代的潮流走入歷史。然而，近幾年來，當小林善紀《台灣論》所引發的「慰安婦」風波，在國內鬧得不可開交的時候，坊間也興起了一股「軍中樂園」的熱潮。儘管特約茶室「侍應生」與二次大戰的「慰安婦」不能相提並論、混為一談（慰安婦被迫，侍應生自願），但許多人還是談得津津有味、樂此不疲。一提起「軍中樂園」這四個字，彷彿就能挑起眾多人的「神經線」，而某些說者則言過其實，讓聽者誤信以為真，致使部分傳述和報導，與事實有所差異，的確令人難以苟同。歷史不容扭曲，史實不容誤導，還原其真相，是浯島庶民責無旁貸的職責。

一九六五年，我以金防部福利站會計員的職務，被調到政五組協辦防區福利業務。爾後雖然晉升經理，但必須組、站同時兼顧，主要的辦公場所依然在武揚坑道的政五組。十餘年的山谷歲月，前後歷經：廖全傑、李忠禮（曾任國防部藝工總隊長）、谷鵬（曾任金門縣長）、許自雋、劉幹臣、孫紹鈞（曾任國防部戰地政務處長）、李中固（曾任華視業務部經理）、李壯濤、陳柏林（曾任金門西園鹽場場長）等九位組長。其間，由於福利官調動頻繁，且幾乎都是來佔缺升官，升了就走，以致業務銜接不順，因此，承長官的眷顧，把部份福利業務，如福利委員會的召開，福利單位預算編列，福利單位會計報表審核，福利單位業務檢查（會同政三組、主計處），福利點券分發結報，免費理髮、洗衣、沐浴票核發，福利盈餘支付通知單審核與開具，福利單位員工生出入境簽擬……等，都由我來承辦。雖然工作繁忙、責任重大，但歷經這段可貴的過程，卻是造成我往後對福利業務嫻熟的主因。

記得初進政五組辦公室時，福利官聶建國少校交給我的第一份任務，是要我把一批待銷燬的公文，依照「來（發）文單位」、「文別」、「日期」、「字號」、「案由」、「機密等級」一一登記下來，以便會請政四組相關人員來監燬；但「法令」必須另行挑出、妥善保存。

這批常年存放在潮濕的武揚坑道裡，年久待銷燬的舊檔案，部分不僅破損且已發霉，然我絲毫不敢大意，除了依序登記外，對於一些有保存價值的法令，不僅詳加翻閱，也重新歸檔。而在那些舊檔案中，有許多是陸總部轉頒國防部的公文，除了一般福利外，涉及到特約茶室業務的更不在少數，甚至，有部分是轉自內政部頒佈的「台灣省各縣市公娼管理辦法」的修正條文或補充事項，讓我明確地發現到：金防部特約茶室就是依據國防部參照內政部所頒佈的「公娼管理辦法」的法源為依據而設立的。但最初成立軍中樂園以及爾後幾年間的公文卻未曾見到。

名義上，金門特約茶室由軍方督導經營，但在我接觸到這份業務時，它實際上的操盤者，是年逾七十高齡的經理徐文忠先生。據特約茶室的老員工說：徐先生在大陸未淪陷前，曾經在上海經營過特種行業，來台灣後，依然沒有離開過這個圈子，復經人推介，由金防部聘請來金，擔任特約茶室經理乙職，數年來未曾更換，他是什麼時候獲聘來金的，詳細時間已無從查起。

雖然有一位熟諳此道的經營者，但軍方並沒有釐訂一套妥善的管理辦法，彷彿就是徐文忠自家開設的「軍樂園」，只要巴結好相關單位的長官和承辦人，每月把剩餘的款項往上繳，就可高枕無憂。內部不僅管理散漫，經費運用毫無節制，浮報濫用，帳務記載不實，剋扣侍應生主副食費，放任不肖員工和侍應生賭博抽頭、利用職權白吃白嫖、假借互助會之名收取暴利……等不法情事，以「雜亂無章」來形容，並不為過。

倘若以福利單位核薪的標準而言，徐先生當時是一等一級經理，雖然月薪加眷補費、主副食費等高達千餘元（尚無「職務加給」項目），試想，光憑一個月千餘元的薪資，能留住一位縱橫歡場數十年的「老仙角」嗎？這點錢不僅不能滿足他，更不夠他塞牙縫，因此，以「靠山吃山，靠海吃海」來形容一位遊走在特種行業的老先生並無不妥。

於是隨著新主任的上任，首先被整頓的是承辦福利業務的政五組。主任辦公室的中校秘書與組裡的上校副組長對調，參謀也大部分做了調整，辦公室亦從武揚坑道內搬到明德圖書館右下方的一幢平房。室內重新粉刷，桌椅重新油漆，辦公室煥然一新，但不久又搬回武揚坑道。強勢的副組長，已凌駕屆齡待退的老組長，新官上任三把火，燒得政五組雞飛狗跳、寢食難安，對各參謀也撂出了重話：「政五組所有參謀給我聽好，非公務不得到特約茶室去，如果純去買票的話，要先報備，事後把票根帶回來備查。」副組長的來歷諸參謀都「了然於胸」，儘管他的要求有點矯枉過正，但並沒有人敢提出異議。然而，命令歸命令，規定歸規定，對於這種不合理的要求，一些與福利業務無涉的老參謀並沒有把它放在心裡，真正到了需要「解決」的時候，誰會那麼「大條」先向他「報備」，再把票根帶回來「備查」？

在副組長嚴苛的要求和強勢的主導下，福利部門必須針對特約茶室長久積聚的詬病和弊端，以及各級幹部在操守、業務上的缺失，例如：負責侍應生抹片和抽血檢驗的醫務人員，接受賄賂、偽造檢驗報告，以及派駐特約茶室負責維護秩序和軍紀的憲兵人員，不服從管理幹部領導，藉機製造事端，並利用職權把同僚或其他朋友帶進茶室，增加管理上的困擾等，從速釐訂一套管理辦法，飭令福利中心轉特約茶室遵照執行。然而，想擬訂一套完善可行的管理辦法談何容易，上了無數次簽呈，挨過多少罵，依然過不了副組長這一關，遑論想請主任核閱再送請司令官批示。追隨如此嚴格的長官，的確讓我們承受著前所未有的挫折和無力感。最後總算凝聚了共識，勉強歸納成幾點，並預留一個「若有未盡事宜，得隨時再做修訂或補充」的空間。在草擬的辦法中，我們概略地研擬如下：

一、重新劃分特約茶室等級，釐定員工編制，修訂管理幹部職稱（除金城總室維持「經理」外，各分室之「幹事」修訂為「管理主任」，總室「事務員」修訂為「事務主任」，餘則不變），提高管理幹部素質，嚴加考核，裁減冗員，嚴禁管理幹部利用職權白喝、白吃、白嫖，以及員工生賭博、招會、借貸等不法之情事發生，違者，員工解雇，侍應生遣送返台。

二、依員工生比例以及業務需要，編列各項經費預算，各單位每月所需費用，須在預算範圍內支用，並檢附原始憑證併同會計報表，由總室彙整報部審核無訛後，始准核銷。不得有浮報、濫用、溢領之情事發生，一經查覺，除追繳該款項外，其管理主任及承辦人員，無論情節之輕重，一律檢討議處，絕不寬貸。

三、特約茶室使用之「娛樂票」，由本部統一印製控管，每月由金城總室派員來部領取，並加蓋政五組圖章始為有效。總室具領之娛樂票，除分發各分室使用外，並負責結報。當月未售完之票數，次月自行作廢，並應詳實登記張數編號，繳部銷燬，不得有外流之情事發生。

四、提高「台北召募站」召募費，由每名一千元調整為一千三百元，惟新進侍應生必須加以篩選，年齡不得超過三十歲，服務未滿三個月不得請領召募費，並視侍應生之缺額召募，總室須針對票房紀錄未盡理想、服務態度不佳之高齡侍應生檢討解雇，以達汰舊換新之目的。

五、新進侍應生，每人擬無息借予安家費一萬元，俾利該女安心工作，所借之款，按月從其營業額內扣還歸墊。無論生產或流產，擬每人補助營養費五百元，以表本部關懷照顧之意，惟須檢附醫院證明書，以憑核銷。

六、裁撤「醫務室」，協調軍醫組，每週一由東沙、料羅醫院以及烈嶼地區軍方衛生單位，派遣醫務人員為侍應生抹片檢查。並在尚義醫院設立「性病防治中心」，凡抹片檢驗呈「陽性反應」者，立即送性防中心治療。爾後並隨票附贈「小夜衣」，並請軍醫組製作宣導標語，張貼於各茶室售票處，以防止性病蔓延，維護官兵身體健康，其費用由本部福利盈餘項下編列預算酌予補助。

七、支援特約茶室之憲兵同志擬飭令歸建，其安全及秩序事宜由管理人員負責維護，以統一事權，俾便管理。

當管理辦法頒佈後，我們請七十高齡的老經理徐文忠先生主動辦理退休，由台北召募站負責人杜叔平先生接任經理，除了借重他豐富的學識和經驗外，也希望他能透過關係，替茶室召募一些較年輕貌美的侍應生，好為戍守在金門的三軍將士們服務。然因，杜經理並不能適應特約茶室複雜的環境以及承受的壓力，上任不滿一年就辭職，復由山外分室管理主任劉曼琦先生接任，杜生先則回台續任台北召募站負責人。

隨著「特約茶室管理辦法」、「特約茶室員工編制和任免」、「特約茶室年度各項經費預算」的頒佈實施，以及管理幹部的調整，可說讓特約茶室徹底地改頭換面，在經營管理上更奠定了一個良好的基礎，每月繳回之盈餘也相對地提高。然而，為特約茶室改革，勞心勞力、犧牲奉獻的副組長，因「嘉禾案」縮編，沒升到上校就退役了，留給我們無限的懷念。儘管爾時受到他不少的苛責，但卻從他不厭其煩的指導中，學習到不少東西，往後福利業務能順利地推展，副組長可說功不可沒，這是我一直銘記在心頭的。雖然他離開軍職，但並沒有因此而沉寂，除了興辦學校、親執教鞭，春風化雨、作育英才外，又當選縣議員。然參選兩屆立法委員，卻意外地高票落選，的確令人惋惜。自此之後，副組長的大名就從政壇上消失，取而代之的是一所績優的明星高工，以及數以千計的莘莘學子、社會菁英。

關於特約茶室的業務和分佈狀況及編制，當時是這樣的：

一、業務概況：

特約茶室業務，依權責由政五組承辦，福利中心督導。但督導單位卻有「責」無「權」，往往只做公文轉達的橋樑。有關「管理辦法釐訂」，「預算編列、經費核銷」，「新進人員任用、管理幹部調動」，「娛樂票印製管控」，「員工生出入境」……等業務，全操在政五組福利業務承辦參謀手中。倘若有重大事件或突發狀況，承辦單位會同的依然是政三組和主計處，而不是福利中心監察官和財務官，甚至事先也不必知會他們。

二、分佈與編制：

特約茶室計設有：金城總室，山外、沙美、小徑、成功、庵前、東林、青歧、后宅、大擔等分室，以及配合慈湖築堤工程而臨時設立的「安岐機動茶室」（工程竣工後隨即關閉）。每季一次的東、北碇離島巡迴服務（東碇由金城總室派遣，北碇由山外分室負責，分別由各該單位派管理員帶領二至三位侍應生，配合軍方運補船前往，再隨下航次運補船返航。）

「金城總室」位於金城民生路四十五巷內，設有「軍官部」（尉官以上）與「士官兵部」，編制上有：經理、副經理、事務主任、文書、會計各一人，管理員、售票員各二人，工友四人，炊事二人。軍官部侍應生十餘人，士官兵部侍應生三十餘人，屬於甲級茶室。它主要的營業對象是駐守金西地區的官兵，以及鄰近的防砲、砲兵、小艇、三考部的弟兄們和星期假日的一些不速之客。其營業額居各茶室之冠。

「山外分室」位於新市里郊外，與金門監獄比鄰，設有「軍官部」（尉官以上）與「士官兵部」，編制上有：管理主任一人，管理員、售票員各二人，工友四人，炊事二人，侍應生人數與金城總室相差無幾，屬於甲級茶室。它主要的營業對象除了駐守金南地區的官兵外，尚有鄰近的金防部、海指部、港指部、運輸營、成功隊、兩棲偵察連等單位的官兵前來買票，其營業額僅次於金城總室。

「成功分室」位於成功村通往休假中心路口的右側，鄰近司令台，編制上有：管理主任、管理員兼售票員、工友、炊事各一人，侍應生不滿十人，屬於丙級茶室。其主要的營業對象為防區各單位選送到「官兵休假中心」休假的優秀官兵，當然也有鄰近的官兵前來消費。

「小徑分室」位於小徑村郊的路旁，編制上有：管理主任、管理員兼售票員各一人，工友二人炊事一人，侍應生十餘人，屬於乙級茶室。它上要的營業對象除了駐守小徑的金中守備區外，尚有夏興的防砲團，以及太武公園的砲指部，經武營區的後指部、裝保連、四級廠，空指部等單位官兵。相對地，小徑茶室的設立，也帶動小徑村落無限的商機，撞球場、冰果室如雨後春筍般、相繼地開業。

「庵前分室」位於庵前村郊「牧馬侯祠」右方，編制上有：管理主任、管理員兼售票員各一人，工友二人炊事一人，侍應生十餘人，屬於乙級茶室，亦是特約茶室中唯一接待校級以上軍官的「軍官部」。它主要的營業對象為防區校級以上軍官，凡新進年輕貌美之侍應生，均優先分發至該室服務。

「沙美分室」位於東蕭村內的一幢洋樓，編制上有：管理主任、管理員兼售票員各一人，工友二人炊事一人，侍應生十餘人，屬於乙級茶室，其主要的營業對象為金東守備區的官兵，以及鄰近的砲兵、防砲部隊。坦白說，把特約茶室設在民風純樸的村莊內，的確是極為不妥的，一提起「東蕭」，馬上讓人聯想到「軍樂園」。然而，置身在那個以軍領政的戒嚴時期，善良的居民又能奈何，只有默默地承受那些異樣的眼光。直到七十年代末，始遷往陽宅村郊營業，還給東蕭居民一個純淨的空間。

「東林分室」位於小金門西宅的村郊，編制上有：管理主任、管理員兼售票員各一人，工友二人炊事一人，侍應生十餘人，屬於乙級茶室。雖然該室沒有軍官部和士官兵部之分，但因距離師部較近，為迎合少校以上軍官，一旦茶室新進侍應生，除庵前茶室外，其餘額之調配，往往以東林茶室為優先。也因此，東林茶室的侍應生較后宅、青岐茶室侍應生年輕貌美。

「后宅分室」位於小金門北半邊的西口村郊，編制上有：管理主任、管理員兼售票員、工友、炊事各一人，侍應生不滿十人，屬於丙級茶室。該處因山路崎嶇不平、交通不便，然卻駐守著近一個旅的兵力，為了讓官兵免於繞遠路、消耗過多的體力，且能就近解決性事，其設立之真正目的就在此。

「青岐分室」位於小金門的南端，它是一棟一落四櫸頭的民房，原屋主僑居南洋，由茶室編列預算，每月以三百元租金向代管人承租，並重新隔間使用。編制上有：管理主任、管理員兼售票員、工友、炊事各一人，侍應生不滿十人，屬於丙級茶室。

若依駐軍的人數而言，小金門實無設立三處茶室之必要，但因地理環境特殊，承辦單位並不計較盈虧，純以服務第一線官兵為優先考量。

「大擔分室」位於大擔島上。編制上有：管理主任兼售票員、工友、炊事各一人，侍應生不滿五人，屬於丁級茶室。它主要的營業對象為戍守在島上的官兵，時而必須兼顧鄰近的二擔島。雖然長官設想週到，深恐島上的官兵孤單寂寞，壓抑的性無處發洩，但島上的官兵似乎不太領情，個個都在養精蓄銳、準備反攻大陸，因而，該室的營業狀況並不理想，侍應生也視大擔為畏途。

三、員工待遇與任免

特約茶室員工分九等、每等分二級，每級相差五十元敘薪。一等一級最高，月薪為九百五十元，另加三百元主副食費，合計為一千二百五十元。九等二級最低，月薪三百元，加上主副食費三百元，合計為六百元。六等二級以上職員，始能申報眷補費，限一大口、二小口。大口每月一百元，小口每月八十元。在新的管理規則頒佈實行後，各單位管理幹部則另發「職務加給」金城總室經理每月一千元，其他各分室管理主任各五百元（員工待遇與侍應生票價，並非千古不變，它依然會隨著軍公教人員調薪以及物價波動指數適時調整。）。

管理幹部（售票員、管理員、會計員、文書、事務主任、分室管理主任等）新任時均以六等二級起薪，並依年資、績效、編制等級，逐年檢討晉升，惟福利中心只有建議權，沒有任免權。若欲進用一般員工（工友、炊事等），亦必須先備妥相關資料（履歷表、保證書、切結書），呈報承辦業務的政五組，俟會政四組查無安全顧慮後，始准予以九等二級雇用。

在以軍領政的戒嚴地區，惟有軍方始能經營這種「特種行業」，它不僅沒有與民爭利的爭議，更是一個合法的福利單位，每年為金防部賺取數百萬元福利金。「武揚、明德、金城、經武四大營區副食費補助」、「明德圖書館補助」、「官兵慶生會補助」、「免費理髮、沐浴、洗衣補助」、「康樂團隊演出獎金」、「官兵輪調獎金」、「福利業務督導費」（具領單位為：福利中心、主計處，政三、五組）、「年節慰勞慰問金」以及長官臨時交辦事項的「其他補助」……等等，無一不是從福利盈餘項目下列支。因此，特約茶室的設立，除了解決官兵性需求外，每月上繳的盈餘，的確也為防衛部幕僚單位官兵，謀取到一份難得的福利。而侍應生所賺的錢，除了寄回台灣養家活口外，地區的商家也是她們消費的場所，對於活絡地方經濟亦有貢獻，如要論功行賞，侍應生功不可沒。

以上是金門特約茶室中期（六、七〇年代，也是真正擁有十萬大軍的全盛時期）的設置分佈及經營管理概況。遺憾的是，以前的許多資料，因為時間太久，承辦人更換，以及砲戰、辦公室搬遷等原因，都不見了。在草擬本文期間，曾拜託台灣友人向國防部總政戰處和國家圖書館尋找有關特約茶室的資料，據友人告知，國防部政五處早已裁撤，現在那些官員都是「六年級生」，對軍中樂園和特約茶室的事情如同一張白紙。而當年的《中央日報》、《聯合報》最多是兩大張，而且報喜不報憂，報正不報邪，報上連「軍樂園」三個字都找不到。所幸，當年隨怒潮學校到金門的楊世英和謝輝煌兩位老友，他們在文章中透露了一些寶貴資料，現在摘錄如下：

楊先生在〈評述《八二三戰役文獻專輯》〉一文中說：「民國四十年在金門朱子祠左側，設立第一座『軍中樂園』，訂定管理規則，正式掛牌營業，派有憲兵駐內維持秩序。規定尋歡者定是在台無眷官兵。春風一度，限定三十分鐘。票價軍官十五元、士兵十元，票價還真不便宜（當時月薪二兵七元，一兵九元，上兵十二元，下士十八元，中士二十四元，上士三十元，准尉四十八元，少尉五十六元，中尉六十四元，上尉七十八元）」。最初營業時，防衛部有週延的規劃，通令各守備區輪流休假，各師並派車輛接送，起初有些阿兵哥，像是大姑娘上花轎似的，羞答答的不好意思。經長官開導、慫恿，才半推半就的上路，不久也就習以為常啦！於是，軍中樂園在金門成了獨門生意，業績節節攀高，侍應生更是應接不暇。為因應市場需求，乃於民國四十三年，陸續在東蕭、小徑、庵前增設分部，民國四十七年又增設山外高級部。『軍中樂園』不知在何時更名為『特約茶室』？因其電話號碼為『八三一』，因此，『八三一』也就成了軍中樂園、特約茶室的代號。八二三砲戰爆發『軍中樂園』即停止營業，至十月二十一日，中共宣佈『單打雙停』，『軍中樂園』則宣佈『雙打單停』的營業方式。」

謝先生在〈為走過的留下痕跡〉一文中說：「金門的第一個『軍中樂園』是怎麼

來的？包括胡璉將軍的遺著在內的許多文字資料中，不見隻字提及。許是『軍樂園』與『淫』字有關，不宜登大雅之堂而恥於記述吧？然而，金門的『軍樂園』卻又是在他（胡將軍）手上創設的，這不很奇怪嗎？然從另一個面向去探索，那就是與『美軍顧問團』有關。美軍重視官兵的『性需求』，可能曾就此問題請教過胡璉將軍，然後再向國防部或最高當局建議『解決之道』……。大概是由於試辦的成效『良好』（減少了軍民間的感情糾紛），同時，海空軍在各基地附近，早已有『俱樂部』，而台灣民間的『花茶室』如雨後春筍，可能是為了讓官兵有個「正大光明」的休閒處所，且無洩密及營外違紀的顧慮，不僅金門的「軍樂園」有了『分店』，台灣各地也相繼成立。為了和民間的『花茶室』作一區隔，『特約茶室』的招牌就出現了。」

另外，也有老兵口述，當時由大陸撤退到金門的官兵，大多是年輕的小伙子，因為都借住在民房裡，確曾發生過一些男女感情糾紛，甚至有強暴事件。胡將軍感到事態的嚴重，便派人到台灣聘請行家，開辦「軍中樂園」。

以上各家記述，有親見，有傳聞，有推論。雖然都不是出自相關主事者之口，但在未找到更有力的佐證下，也不失為是可貴的參考資料。譬如：「胡將軍派人到台灣物色行家」一事，便與前文中提到的那位七十多歲的老經理徐文忠來金門服務的事實若合符節。

不過在金門前線搞「軍妓」、經營「軍樂園」的事，若沒有得到最高當局允許，胡將軍亦不敢貿然行事。因此，謝先生的推論，可說是重要的參考註腳。而楊先生所言應都是事實，否則，他豈敢拿來「評述」別人。其中由「軍中樂園」改為「特約茶室」一節，據謝先生告知，他在南麂撤退後（即民國四十四年春末），便隨電台駐基隆，當時基隆市便有特約茶室了，這又可用來印證楊先生的「四十三年，陸續在東蕭……增設分部」的一段。同時，也大致可以看出由「軍中樂園」改為「特約茶室」的時間，所以參考價值很高。

談到特約茶室，那畢竟是個「財色」場所（侍應生為財，官兵為色），意外事件很難避免。如拙著《日落馬山》中所寫：從良的侍應生，在丈夫死後重操舊業，暗開私娼，逼親生女下海；侍應生和金門商人搞鬼，鬧出家庭糾紛；以及老士官疑侍應生騙財騙情，槍殺侍應生後自裁等特殊事件。在那些事件中，部分大嘴巴的現場目擊者，對案情始末並不清楚，僅憑所見到的一點表相，加上自己的想像，再加油添醋，就變成了聳人聽聞的「新聞」。某些媒體僅從那些「現場目擊者」的口中得到一點風聲，再加以誇大，便把真相越寫越歪斜了，而成了指控金防部的「罪證」，這是我難以接受的，也是我寫《日落馬山》的主要原因之一。但因小說中受了情節、佈局的牽制，對一些僅憑表相去捕風捉影所形成的歪斜傳聞，無法暢所欲言。因此，始有本文寫作的動機。下面，就把那些歪傳斜說，作個逐一的說明，以釐清事實的真相。

有人說：特約茶室侍應生，是台灣犯過法的女囚犯，或被取締的流鶯、私娼，被遣送到外島從事這種性工作的，甚至有逼良為娼的不法情事？

我曾經在小說《日落馬山》這本書裡，試圖透過王蘭芬這個角色，簡單地為讀者詮釋這段歷史，現在再詳細的重說一遍。

特約茶室設立的法源已見於前，關於侍應生的來源，是這樣的：特約茶室在台北設有召募站，地點就在台北市廈門街，杜叔平先生經營的「江淮小旅社」裡（杜先生為江蘇淮陰人，故以「江淮」命名之）。召募站並非福利單位正式編制單位，因此，並無固定經費，杜先生也不支薪，按實際召募人數，每名一千三百元計算（依物價指數適時調整，隨年度預算編列），由金城總室造冊核實撥付，做為召募站之佣金。

「台北召募站」對一些在歡場中打滾、或在綠燈戶裡討生活的女子來說，並不陌生（當然，亦有部分女子因家庭變故、生活困頓，又沒有一技之長，不得不以女性最原始的本能謀生，經由她們引介而來的）。她們為什麼願意冒砲火的危險，自願來金門服務，無疑都是貪圖金門有十萬大軍，年紀稍大、姿色稍差點的，也容易在這裡討生活；加上環境單純、治安良好，不會受到地痞流氓的欺壓。倘若她們有來金服務的意願，除了要達到法定年齡外，也必須備妥「身分證」、「戶籍謄本」、「本人同意書」、「切結書」併同「金馬地區出入境申請書」由台北召募站送金城總室轉呈。政五組在收文後，承辦人會在「會辦單」上寫下：「侍應生〇〇〇擬申請來金服務，敬請查核，並賜卓見」，先會承辦保防業務的政四組，透過該生戶籍所在地的警察機關代為查核，一旦查出有任何前科或不良紀錄者，絕對不允許其入境。而查無安全顧慮之侍應生，政四組會在出入境申請書的調查欄裡蓋上「查無安全顧慮」六個醒目的大字，以及主任的私章。當會辦單送回政五組後，承辦單位會以「簡便行文表」檢附「出入境申請書」、「照片」和「工本費」（單程為二十元，雙程為四十元），移請第一處轉警備總部，為該生辦理入境手續。（民國六十一年改由第一處逕自核發「台金往返許可證」，不收工本費。當時該處的承辦人就是作家謝輝煌兄）一旦警總的入境證核發下來，台北召募站會派人到高雄替她們排船位，負責送她們上船，後再以電報通知金城總室到碼頭接人。

因此，從這些手續中，我們可以清楚地發現到，特約茶室所有的侍應生，都是循合法而正當的管道入境的，絕對沒有女犯人、流鶯或被取締的私娼，被遣送到金門從事這種行業；更沒有所謂逼良為娼的情事，一切都是出於當事人的自願。倘使來金後有適應不良之情形（畢竟是少數），或有特殊之事故，依然可隨時申請返台，但所借之安家費，必須還清；來金服務未滿三個月，台北召募站請領之召募費，亦須繳回。

在平面媒體上，我曾經看到一則：「小姐分批上班，每梯次一、二十人，在高雄搭乘登陸艇到金門後，先前往總室報到和接受分發。」的報導，除了搭乘登陸艇到金門後，先前往總室報到接受分發是實情外，侍應生並沒有分批上班，也沒有一梯次來了一、二十人或走一、二十人之情事。召募站必須依特約茶室侍應生實際缺額召募，往往都是三、五位較多，甚至會出現一些來了又走、走了又來的老面孔，但絕無像部隊換防般地，分批或分梯次來去。

特約茶室除了短時間開放「社會部」，供無眷公教員工娛樂外，其餘純以服務三軍將士為對象，偏偏有人「據老一輩地方民眾指出：早年這些八三一是合法妓院，也是軍中阿兵哥、甚至坊間少數民眾寂寞時的尋歡去處」當尋芳客排隊進入後「鶯鶯燕燕在休息室前一字排開，任君挑選。」

撰寫此文的人，聽老一輩的地方民眾隨便說說，就隨便寫寫讓讀者隨便看看，如此地道聽途說，的確是不求甚解之至。因為，除軍人及「社會部」開放期間的無眷公教員工外，一般民眾無論有多麼地「寂寞」，也不能公然地到特約茶室去「尋歡」。（除非是尋不正當的管道，但畢竟是少之又少，一日查到、軍方追究下來，難逃被送「明德班」管訓的命運，純樸的島民，鮮少有人會以身試法的。）而且，侍應生除了依規定把照片貼在售票處外，並沒有一字排開在休息室前任君挑選的情事。大部分都在自己的房間候客，官兵憑票進場，在尚未輪到他上床時，可以先在庭院內走動，亦可在侍應生門口等候。俟侍應生呼叫自己的號碼，持票的客人會依先後秩序憑票進房，這就是軍中特約茶室特有的文化，與台灣一般妓院的「一字排開，任君挑選」是截然不同的。況且，一到星期假日，特約茶室熱鬧的情景，不亞於電影院排隊買票的人潮，又有多少侍應生可一字排開任君挑選的？或許是錯把台灣民間妓女戶當成軍方的特約茶室吧！

有一位女作家寫著，當歸國學人蒞金參訪時，接待單位安排他們參觀軍中樂園，「那個地方和普通宿舍沒有什麼兩樣，有許多小房間，房間裡一張桌一張椅一張床，摺疊得像軍營裡一樣整齊的被，床前站著一個穿著很整齊的年輕女子，每間房都一樣，沒有個性，沒有色調，連床前站的女人們似乎都統一化了。」

特約茶室發給每位侍應生一床棉被、一對枕頭、一床墊被、一條被單，但並未受到侍應生的青睞，多數人寧願自己花錢買新品，也不願使用這些被面有斑點，裡面發霉的陳年老古董。因此，侍應生床上的被枕，大部分都是自行購買的，其色澤和式樣，幾乎是五花八門。床是她們的「戰場」，在殺進殺出之時，她們那有時間，把棉被摺疊得像軍營裡一樣整齊？她們的穿著，只要不過分暴露，也是輕鬆隨便，並沒有規定她們要穿什麼款式的服裝或制服，穿著睡衣睡袍到處走動的大有人在。雖然認同這位作家對侍應生房間「沒有個性，沒有色調」的描述，但侍應生是人，與一般妓院的妓女並無兩樣，和客人打情罵俏、有說有笑，充分發揮她們在歡場中所扮演的角色，絕對沒有像她描寫的那麼呆板和生硬。

況且，在六〇年代，歸國學人的形象不僅清新也倍受國人尊敬；往往陪同來金門參訪的，都是國防部總政戰部中將副主任以上的高官。除了聽取簡報，參觀擎天廳、莒光樓、馬山觀測所……等主要景點以及少數軍事重地外，誰膽敢安排他們參觀軍中樂園？而歸國學人蒞金參訪是國防部總政戰部政五處所承辦，接待單位當然是政五組，承辦是項業務的是民運官，行程會事先協調再做安排，並由組長、主任全程陪同，中午接受司令官在擎天峰的歡宴。據我所知，特約茶室除了接受國防部、陸總部定期視察督導外，從未接受外賓參觀。雖然它只是一篇小說，我們也不能斷章取義，但凡牽涉到史實部分，必須回歸到事實，不能讓它以訛傳訛，誤導視聽。

曾經有人在媒體上公然地說：「每逢莒光日，侍應生會到軍營，義務替阿兵哥洗被單。」

侍應生的衣物被褥，大部分都是包給鄰近的阿婆阿嫂來洗滌。一早，那些阿婆阿嫂們會主動來收取；到了傍晚，再把洗滌過後、曬乾的衣物疊好送回。連自己的衣物都要花錢請人洗，那還有餘興幫阿兵哥洗被單？而且，她們的假期是週一，必須做完抹片檢查後始能放假外出。而軍中的莒光日是週二（後來改為星期四），時間上就不對攏，同時，莒光日下午，依然有不少官兵外出洽公，假公濟私順便逛逛茶室買張票的官兵也大有人在，侍應生豈會放著生意不做，義務去幫阿兵哥洗被單？即使爾後侍應生的假日調整為週四，而每週才有一天難得的假期，自己想辦的事都辦不完，想休息休息或看場電影調劑一下身心都惟恐沒有時間，怎麼還有剩餘的時間和精力去為十萬大軍效勞？更重要的是，金門大部分軍營，幾乎都是「管制地區、禁止擅入」的軍事要地，侍應生能隨便進去嗎？說謊也要說得合情合理，豈能憑空幻想、任意杜撰？

甚至有此傳聞：「侍應生和阿兵哥一樣，要看『莒光教學』，接受『政治教育』，鞏固『中心思想』。」

福利單位所有員工生，均屬金防部編制外雇員，承辦文宣與政治教育業務的政二組，從未要求福利單位員工要看「莒光教學」、接受「政治教育」、鞏固「中心思想」，遑論是侍應生。唯一的是由政四組主辦的「聘雇人員保防講習」，一般單位員工集中在官兵休假中心康樂廳，特約茶室員工生則集中在金城總室授課。因此，可想而知，又是一樁張冠李戴的訛傳；要不，就是惡意中傷，以達到醜化金防部的目的。

今夏，我接受某電子媒體的訪問，儘管不厭其煩地據實相告：以前特約茶室侍應生小小的房間裡，僅擺著一張雙人床、一個衣櫃、一個梳妝檯，一張椅子，地上放著一只水桶、一個臉盆，以及一些私人物品。部分房間的牆壁上，會貼上一、二張從電影畫刊剪下的明星海報，與台灣民間一般妓院相若處不少，但並沒有被製作單位所採納。他們相信一位民意代表的話，以套房的格局，做為爾時侍應生的房間來拍攝，結果播出來的畫面，儼若置身在大飯店裡，與爾時侍應生房間相差十萬八千里，當這個節目播出遭受觀眾置疑時，已成為一段難以彌補的憾事。誠然，這位先生不僅是民意代表，也是擁有高學歷的社會人士，但並非「萬事通」、「樣樣博」，說不定連軍中樂園的大門都沒有進去過，又怎能瞭解到特約茶室獨特的文化背景，真應了浯鄉一句俗語話──「膾博假博！」

近幾年來，陸續拜讀幾篇關於特約茶室的作品，以及電子或平面媒體的報導。從這些作品和報導中，我深深地發現到，當他們訪問曾經在某一個茶室擔任過管理員或工友時，所涉及到的只是某茶室的一個點，並沒有涵蓋整個特約茶室的層面。譬如：一個長久在庵前茶室擔任工友者，他如何能瞭解到金城總室的營業狀況及工作情形？又如一位在僅有六位侍應生的小茶室，擔任短短幾年管理員的退伍老兵，對整個特約茶室的文化能知多少？但為了要凸顯他是「行家」以及對特約茶室的「深入」和「瞭解」，便加油添醋、胡謅一番，讓訪問者誤信為真。而部分文史或媒體工作者，若依他們的年齡層次，以及家庭、社會背景而言，又有幾位到過特約茶室的？因此，受訪者怎麼說，他們就怎麼寫，並沒有善盡求證的責任。這種作為，表面上看是在保存史實，實際上卻是在摧殘史實而不自知，不僅可悲，也讓人感到遺憾。

最後，來重彈一下「八三一」這個問題。

有人說，「八三一」是「軍中樂園」的電話號碼，後來就變成了「特約茶室」的代名詞。在我進入政五組辦公後的幾年（大約是民國六十一年左右），也曾經聽到有人這樣說過。所以在〈山谷歲月〉一文中，便曾氣憤地向那個問特約茶室電話的「副將軍」（駕駛）說：「所有茶室都是八三一！」其實，當時各特約茶室的電話號碼都是「〇一八」譬如：金城總室是「西康五號〇一八」（政委會總機），山外茶室是「西康六號〇一八」（港指部總機），小徑茶室是「康定〇一八」（金中守備區總機），成功茶室是「西康三號〇一八」（官兵休假中心總機），沙美茶室是「吉林〇一八」（金東守備區總機），庵前茶室是「西康七號〇一八」（三考部總機），東林茶室是「新疆〇一八」（烈嶼守備區總機）……等。

不過，我相信「事出必有因」這句古話。據通信兵科班出身的作家謝輝煌兄相告：我國軍民通用的電報明碼本第八十三頁上，「屄」字的明碼是「八三一一」。抗戰時報務員就以「八三」泛稱女性，如：「我今天上街看到一個『八三』，漂亮得像仙女一樣。」、「你跟那個『八三』的感情進展到什麼地步？」沒有絲毫惡意在內，而是他們的「行話」。漸漸地由內行人傳到外行人，很多非通信人員也瞎跟著用了。

又，軍中的電話號碼，是通信幕僚編的，習慣上採「三碼制」，第一碼代表「單位」，二、三碼是序號。單位按編制依次而排，並分別賦予「〇」—「九」或「一」—「九」，序碼則從「〇一」開始，一直排下去。例如：師長是「一〇一」，第一科是「二一〇」到「二一九」，第二科是「三二〇」到「三二九」……，餘類推。編定後要製成「電話號碼表」分發各單位。金門第一個「軍中樂園」成立時，便是個特殊單位，依性質當然要排到後面，也許是通信幕僚或一時靈感來了，便把「軍中樂園」和「八三一」聯想在一起，而剛好那個中繼總機（即金防部的分支總機）用戶的單位不多，「八」字沒有用到，又因只需三碼，便取了「八三一」這個號碼。待茶室增多，各屬不同的小總機，大家就統一用「八三一」了，久之，也就成了「特約茶室」的「暗號」（代稱），因此，大家就不說「去軍樂園」，而說「去八三一」。惟電話號碼的編定原則，常因保密需要而變更。

上述謝先生的客觀分析，當然有它的參考價值，可惜當年的通信幕僚和作業單位，沒有一個站出來現身說法。五〇年代在茶室任職的老員工，勢必也知道其中的電話號碼，卻不見有人出來回應。或許有的是不知道我們正為此事吵吵嚷嚷，有的知道我們在吵，卻又不知道如何投書表達，而凋零的恐也不在少數，所以在沒有更好的佐證前，我們也只能這樣了。

然而，就史論史，「軍中樂園」和「特約茶室」是正式名稱，「軍樂園」是前者的簡稱，「八三一」只是它的諢名或綽號，不宜當作正式名稱使用，這是不容否認的事實。倘若繼續誤把它的諢名和綽號當成正名，勢必會失去這段歷史的價值和意義，站在一個文史工作者的立場，我們不得不加以體會和深思。

總之，當特約茶室走入歷史的此時，回顧它的過往，更應該以嚴肅而公正的態度去面對。畢竟，在這個曾經駐守過十萬大軍的戰地金門、反攻大陸的最前哨，它曾經負載過一個非常的歷史任務，有其獨特而不可磨滅的歷史意義和存在價值。雖然它曾經帶給純樸的金門一些不小的衝激，但如前所言，它也發揮了防止軍民間男女感情糾紛的功能，締造一個軍愛民民敬軍的祥和社會。而在促進地方經濟繁榮及創造就業機會方面，亦有一臂之力，這是我們不能不有的認識。歷史就是歷史，重視史實，才是一個知識分子應有的禮貌。身為金門人，更應當為這片土地盡職，為永恆的歷史做見證！

二〇〇五年元月作品

歷史不容扭曲，史實不容誤導

——寫在《走過烽火歲月的金門特約茶室》出版之前

二〇〇四年秋冬兩季，在友人的推薦下，我相繼地接受三家電子媒體的訪問。表面上是要我談談創作的歷程，實際上卻圍繞著「特約茶室」的議題。雖然我不敢自認為是「軍中樂園通」，然我曾經在金門真正擁有十萬大軍的全盛時期，在主管防區福利業務的金防部政五組，承辦是項業務多年，對於它的全盤狀況，瞭解的程度或許會比其他人更深入。

在接受訪問時，事先並沒有預設任何題目，而是以開放式的對話進行訪談。他們所提出的問題，大部分我都能憑著記憶，有條不紊地做完整的解說；甚至把坊間一些不實的傳言，乘機一一加以反駁。但經過電視台的剪接處理後，播出來的畫面和內容，並不盡如人意。因此，在寫完長篇小說《日落馬山》後，我不得不重新為這段歷史做一個較完整的詮釋。尤其當特約茶室走入歷史的此時，更不容許有人刻意地把它扭曲或誤導。

然而，當我撇開俗務，一心一意想為讀者詮釋這段歷史時，對於當初設立特約茶室的原由，卻因時間久遠，早已無案可稽，自己也不能憑空想像、任意臆測、信口開河來欺騙讀者。幸蒙昔日老戰友、作家謝輝煌兄勞心費神，四處尋找資料、拜訪相關人士，並從一位自國防部情報局退休的詩友許將軍處獲得不少寶貴的信息，又蒙許將軍親自拜候一位年高德劭、位階很高的老將軍，敘述了一段「忠實度及價值都相當高」的口述歷史。謝兄便依據許將軍的轉述，書寫成〈軍樂園的創議人〉乙文，該文可說是特約茶室前半段歷史的寫照，足可彌補拙作之不足，讓這段歷史更趨於完整。經老長官應承，一併收錄於書中，以饗讀者。

儘管我承辦特約茶室業務多年，處理過許多突發事件，知道不少其中之內幕消息、以及侍應生出身背景與不欲人知的動人故事，但三十餘年斷斷續續的文學創作中，僅寫了少數幾篇與特約茶室有關的作品。那是：一九七〇年的〈祭〉，一九九六年的〈再見海南島，海南島再見〉，二〇〇四年《日落馬山》的第三章（離島特約茶室業務檢查）、第五章（安岐機動茶室的設立）、第七章（特約茶室社會部籌設與關閉）、第九章（山外茶室槍殺案件與沈姓私娼處理事件），二〇〇五年〈將軍與蓬萊米〉、〈老毛〉等。而軍中特約茶室始於五〇年代初，終於八〇年代末，區域涵蓋台澎金馬，其間長達三十餘年，在裡面靠女性原始本能謀生的侍應生少說也有數千人，進出的官兵更是難計其數，然在報章雜誌上看到的，似乎只是一些淺近的報導，以此為主題來書寫的文學作品並不多見。

基於上述理由，當〈走過烽火歲月的金門特約茶室〉在《浯江副刊》刊載、並獲得許多讀者的肯定和回響後，我突然有把它重新歸類、編輯成一本書的構想，冀望能讓讀者們對特約茶室多一番瞭解，共同為這段歷史做見證，並非重複印行來自欺欺人，這是我必須向讀者鄭重申明的地方。

於是我從《寄給異鄉的女孩》乙書裡選出〈祭〉，從《再見海南島，海南島再見》選出書題作品與〈海南寄來滿地情〉，從〈日落馬山〉摘錄出第三、五、七、九章（這幾章不僅與特約茶室有密切的關係，更可成為一個獨立的單元，重新賦予它們一個新生命，似乎並無不妥之處），從《時光已走遠》選出〈走過烽火歲月的金門特約茶室〉，以及近作〈將軍與蓬萊米〉、〈老毛〉等作品。另外附錄謝輝煌：〈軍樂園的創議人〉乙文。讀者們可從這些篇章中，更深一層去瞭解作者創作時的心路歷程和欲表達的意象是什麼。

爾時，特約茶室侍應生，她們承受著心靈與肉體的雙重苦難，冒著砲火以及二十餘小時的海上顛簸，來到戰地金門討生活。首先，她們面對的，是那些在這塊島嶼等待反攻大陸的老北貢，而這些老北貢離家久了，難免會有思鄉的情愁，誠然有了軍中特約茶室，壓抑的性慾能得到紓解，但感情則依然無所依歸。

一些對反攻大陸喪失信心、又長期在台灣本島服役的軍、士官，早已和寶島姑娘締結良緣。惟有那些長久在野戰部隊服務，每隔一段時間，必須隨部隊移防駐守外島的將士們，多數仍然是孑然一身。他們除了有怨亦有恨外，心中的無奈非局外人所能瞭解。因此，少數人把念頭轉向軍中特約茶室，目標鎖定曾經和他們相好過的侍應生，甚至把畢生的感情和金錢全數投入，試圖從裡面尋覓一位能相互偎依的終身伴侶。

然而，侍應生雖然出身貧寒、歷經滄桑，但亦有自己的自尊和想法，並非見到男人就想委於終身；儘管配對成功者有之，但未能如願者卻佔多數。坦白說，侍應生以色斂財者為數也不少，一旦她們食之有味、不知節制，企圖飢附飽颺，倘使讓恩客揭穿她們虛偽的面目，雙方又沒有充分的溝通和妥善的處置，往往會有失控的時候，勢必以激烈的手段相向，造成無法彌補的憾事，山外茶室槍殺案件就是活生生的一例。

即使，我們生長在一個純樸的小島嶼，墨守著傳統的道德文化，但男女間感情的衍生，有時也會突破傳統的束縛，因此，金門人與侍應生結成連理的亦有好幾位。她們結婚後定居金門，勤儉持家、相夫教子、侍奉公婆，過著幸福美滿的生活。相對於時下某些女性，她們在一個安逸的環境中長大，受過正規教育，自認為有高人一等的品德，卻把婚姻當兒戲，亂搞男女關係，致使家庭破裂，夫妻反目成仇對簿公堂的情事屢見不鮮，最後不得不以離婚收場。如此的情操與婦德，又怎能與那些曾經因家庭變故、淪落風塵，而後從良向善的侍應生相媲美。

當讀者們進入到〈再見海南島，海南島再見〉這篇小說時，或許會真正領略到情為何物、以及情的可貴，而這份情是誠心真摯的愛和相互尊重衍生出來的。任誰也想不到，一位遭受家庭變故而淪落成侍應生的苦命女子王麗美，在離開金門特約茶室二十餘年後，她繼承了祖業，竟是海南島「海麗酒店」的董事兼總經理。雖然她已擠身在海南上流社會，當她與在金門相識相愛的陳先生重逢時，心中所感、內心所欲傾訴的，依然是真情的延伸。因為當年她在特約茶室服務時，儘管陳先生是她們的頂頭上司，更是一位純樸有為的金門青年，但始終以誠相待、充分尊重她的人格，並沒有因為她是一位每天接客數十人的侍應生，而奚落她、瞧不起她。相反地，當他們見面時，陳先生已是一個滿臉溝渠、滿頭雪霜的糟老頭，然她愛他的心始終沒有隨著歲月的消逝、以及遭受環境的變遷而改變。即使它只是一篇小說，但卻貼近人心、貼近事實，也讓我們深刻地領悟到，只要彼此間以誠相待、相互尊重，誰能說婊子無情？

在戒嚴時期、軍管年代，金門的天空長年有數十對金光閃閃的星星在閃爍，他們美其名叫「將軍」。誠然，多數是身經百戰、戰功彪炳、學養俱佳的將領，而卻也有少數不學無術，僅懂得逢迎拍馬、求官之道的軍中敗類。如果沒有親眼目睹他們的醜態，我們始終認為高官有高人一等的品德和學養，而實際上卻不盡然。在〈將軍與蓬萊米〉這篇小說中，我並無意對已蓋棺的老長官不敬，但二十餘年前的往事記憶猶新，曾經發生過的事歷歷在目；仔細地想想，將軍所作所為，以及他的人品和操守，的確不值得我們尊敬。想當年，屬下均屈服於他的淫威而敢怒不敢言，然其下場，卻也讓人不勝唏噓。這是罪有應得？還是咎由自取？史家自有定奪。

一位跟隨著國軍撤退到這塊小島嶼，等待反攻大陸不能如願的老兵，在屆齡退伍時，靠著朋友的介紹，在特約茶室金城總室謀得一份暫時能糊口的工友工作，而後和侍應生古秋美兩情相悅，帶著一個父不詳的「雜種仔子」落居在這個純樸的小島。當他無怨無悔為家犧牲奉獻而正要擷取幸福的果實時，卻不幸誤觸未爆彈，在歸鄉的路途斷絕時，不得不長眠在這個有青山綠水相伴、蟲鳴鳥叫相陪的小島嶼……。

當我進入到〈老毛〉這篇小說的情境時，心情分外地沉重，難道它就是這些有家歸不得的退伍老兵的宿命？他們一生忠黨愛國，隨著國軍部隊南征北伐，而後撤退到這個離家最近的小島，等待反攻大陸回老家；無奈一等廿餘年不能如願，屆齡又必須遭受到解甲的命運。

多少老兵在夜深人靜時，含淚低吟：我的家在大陸上，高山高流水長，一年四季不一樣，春日柳條細，夏日荷花香，秋來楓葉紅似火……。多少老兵的屍首，深埋在異鄉的泥土裡化成白骨一堆……。這不僅是時代的悲哀，也是生在那個年代的人們，心中永遠不能撫平的疼痛和無奈，我們不得不為在異鄉殉難的老毛，流下一滴悲傷的淚水……。

編完這本書，隱藏在我心中的確有太多的感觸；在社會現實、人心險惡、人情冷暖的今天，我擁有的卻是濃郁溫馨的親情和友情。

感謝贊助本書出版的行政院文建會，福建省政府，金酒實業（股）公司；鼎力相助的金門縣鄉土文化建設促進會理事長陳滄江先生，金門縣采風文化發展協會理事長黃振良先生，以及宗叔金酒實業（股）公司人事室主任陳榮華先生。

感謝為本書提供照片的金門縣采風文化發展協會理事長黃振良先生、總幹事葉鈞培先生，金門日報社總編輯林怡種先生，金門縣紀錄片文化協會理事長董振良先生，資深文史工作者林馬騰先生，設計封面的國立台灣藝術大學副教授張國治先生，為封面題字的金門縣書法學會總幹事洪明燦先生，提供特約茶室娛樂票的台北小草藝術學院秦政德先生。

感謝您，親愛的讀者們！

二〇〇五年九月作品

國家圖書館出版品預行編目

陳長慶作品集. 散文卷 / 陳長慶作. -- 一版.
-- 臺北市 : 秀威資訊科技, 2006- [民95
-]
冊 ; 公分. -- (語言文學類 ; PG0079)

ISBN 978-986-7080-31-8(第2冊 : 平裝)

855 95001363

語言文學類 PG0079

【陳長慶作品集】——散文卷・二

作　　者 / 陳長慶
發 行 人 / 宋政坤
執行編輯 / 李坤城
圖文排版 / 張慧雯
封面設計 / 郭雅雯
數位轉譯 / 徐真玉　沈裕閔
圖書銷售 / 林怡君
網路服務 / 徐國晉
出版印製 / 秀威資訊科技股份有限公司
台北市內湖區瑞光路 583 巷 25 號 1 樓
電話：02-2657-9211　　傳真：02-2657-9106
E-mail：service@showwe.com.tw
經 銷 商 / 紅螞蟻圖書有限公司
台北市內湖區舊宗路二段 121 巷 28、32 號 4 樓
電話：02-2795-3656　　傳真：02-2795-4100
http://www.e-redant.com

2006 年 7 月 BOD 再刷
定價：250 元

讀　者　回　函　卡

感謝您購買本書，為提升服務品質，煩請填寫以下問卷，收到您的寶貴意見後，我們會仔細收藏記錄並回贈紀念品，謝謝！

1.您購買的書名：______________________________

2.您從何得知本書的消息？

☐網路書店　☐部落格　☐資料庫搜尋　☐書訊　☐電子報　☐書店

☐平面媒體　☐ 朋友推薦　☐網站推薦　☐其他__________

3.您對本書的評價：(請填代號　1.非常滿意 2.滿意 3.尚可 4.再改進)

封面設計____　版面編排____　內容____　文/譯筆____　價格____

4.讀完書後您覺得：

☐很有收穫　☐有收穫　☐收穫不多　☐沒收獲

5.您會推薦本書給朋友嗎？

☐會　☐不會，為什麼？______________________________

6.其他寶貴的意見：______________________________

____

____

____

讀者基本資料

姓名：____________________　年齡：_____　性別：☐女　☐男

聯絡電話：________________　E-mail：____________________

地址：____

學歷：☐高中(含)以下　☐高中　☐專科學校　☐大學

☐研究所(含)以上　☐其他______________

職業：☐製造業　☐金融業　☐資訊業　☐軍警　☐傳播業　☐自由業

☐服務業　☐公務員　☐教職　☐學生　☐其他__________

請貼
郵票

To：114

台北市內湖區瑞光路 583 巷 25 號 1 樓

秀威資訊科技股份有限公司　　收

寄件人姓名：

寄件人地址：□□□

(請沿線對摺寄回,謝謝!)

秀威與 BOD

BOD（Books On Demand）是數位出版的大趨勢，秀威資訊率先運用 POD 數位印刷設備來生產書籍，並提供作者全程數位出版服務，致使書籍產銷零庫存，知識傳承不絕版，目前已開闢以下書系：

一、BOD 學術著作—專業論述的閱讀延伸
二、BOD 個人著作—分享生命的心路歷程
三、BOD 旅遊著作—個人深度旅遊文學創作
四、BOD 大陸學者—大陸專業學者學術出版
五、POD 獨家經銷—數位產製的代發行書籍

BOD 秀威網路書店：www.showwe.com.tw
政府出版品網路書店：www.*gov*books.com.tw

永不絕版的故事・自己寫・永不休止的音符・自己唱